谷崎潤一郎

食蓼之虫

[日] 谷崎润一郎 —— 著　谭晶华 —— 译

上海译文出版社

其一

　　从早上起，美佐子就不时问丈夫："你怎么办，还是去吧?"丈夫总是模棱两可，不做肯定的回答，搞得她自己也拿不定主意，最终磨蹭到午后。一点以后，她先去浴室洗澡，不管去不去，还是得先做好准备。看到丈夫还是趴在地上看报纸，便走到他身边，明显带着催促他表态的意思。可是，丈夫依然一声不吭。

　　"你还是先去洗个澡吧?"

　　"嗯……"

　　丈夫将两只棉坐垫垫在腹下，双肘支在榻榻米上，托着两腮正在读报，意识到打扮好的妻子的化妆品香气逼近时，就试图躲避似的把脑袋向后方退去，看着她的身姿，准确地说是看着她的衣裳，并且尽可能不与她的视线碰撞。他可以根据妻子穿什么样的衣裳来判定自己该有的心境。可是不巧的是，最近一段时间他并未注意到妻子的衣物和日用品——这个女人很会添置衣物，每个月都会购置，且从不与自己商量，因此自己并不知道她又购买了什么——今天只觉得她穿着华丽，像当今社会上一个摩登的太太，除此之外，无从判断。

"你究竟作何打算啊?"

"我随便……你想去的话就去……你要是不去,那去须磨^①也行。"

"须磨那边约好了吗?"

"没有……明天去那儿也行。"

美佐子拿出修指甲的工具,放在膝盖上,边磨指甲边伸直脖子,眼睛盯着丈夫脑袋一两尺上方的空间。

出不出门的事情,老这么定不下来今天绝非首次,这种时候,丈夫和妻子都不想主动决断,全坚守被动的方式,根据对方的心情来做出决定,恰似夫妻两个各持水盆的一端,等待平静的水面自然向一方倾斜。有时候就是等到晚上都毫无结果,有时却突然间夫妇俩心灵相通,一拍即合。丈夫斯波要今天是有预感的,知道最终夫妻俩会一起出门。尽管如此,他还是被动地等待着某种偶然的出现,这倒并不是出于他的厚颜。首先,只有他与妻子两人外出时,他害怕一路上两人间的窘迫和拘束,虽然从家里到道顿堀只有一小时的路程。加上妻子说是说"明天去须磨也行",可是实际上,说不定她已经约好了,即便没有约定,斯波要也明白,与其让她看无聊的人偶剧,妻子肯定更愿意上阿曾那儿去的。

昨晚岳父来电话说:"明天方便的话,你们夫妇俩请到弁天座来。"当时接到电话后,斯波要本该与妻子商量的,不巧她正好没在家,于是就随便应道:"大概没啥问题,会去的。"此外,他曾经对岳父说过:"我很久没看文乐人偶剧了,下一次来见您时,务必

---

① 神户港西面的海岸,位于现在的神户市须磨区。

叫我一起去。"这本来是一句讨老人欢心的应酬话,老人却始终牢记在心,这一次特地通知了自己,所以也不便谢绝。再说,他还觉得,人偶剧看不看倒无所谓,只是这样陪着老人悠然聊天的机会搞不好今后不会再有了。岳父年近六旬,隐居在鹿谷①,过着茶人一般的生活。自己与岳父的情趣自然不可能相投,对他一有机会就显摆自己无所不通的德行也总是一筹莫展,不过,他年轻时玩耍得相当可以,正因为如此,身上总是保留着一种洒脱、爽朗的气质,所以,一想到要和这样的岳父断绝亲缘关系倒还真有点依恋不舍。用带有几分揶揄的口吻说,比起妻子来,他更舍不得这位岳父。至少得在夫妻关系存续期间,再好好尽尽做女婿的孝道。虽然有这想法,但因为没与妻子好好商量就独断独行地答应下来,要说起来,也算是一个过失。平时他总是会想到妻子的时间是否方便,昨天晚上也想到过,可昨晚妻子说了句"我去神户买点东西"便出门了,斯波要猜测她是去见阿曾了,那时正好老人的电话来了,他的脑海里浮现出妻子和阿曾手挽着手正在须磨的海岸边漫步的情景,忽然想到"今夜若是见到了阿曾,明天就可以陪老人看戏"。妻子从来不会藏着掖着什么事情,昨天晚上说不定真是去神户买东西了,或许那是自己在对她胡乱猜疑。妻子讨厌撒谎,她也没有撒谎的必要。但是,正因为她没有说清那句让丈夫听了极其不悦的话,才使丈夫把"去神户买点东西"解释成"去见见阿曾",这对斯波要而言,是相当自然的推想,并非恶意的臆测。妻子的心中肯定也不会认为丈夫那是在胡乱猜疑和心术不正,或许昨夜见过了面,今天还

---

① 鹿谷是京都市左京区的地名,位于大文字山的西麓。

想再见。刚开始的时候，他们大概是每隔十天或一周见一次，近来变得频繁起来，常常连续两三天地会面。

斯波要泡在刚才妻子泡过的浴池里，约莫十分钟后，披着浴巾走出浴室。美佐子依然茫然地望着半空，机械地磨着指甲，她对站在廊檐边拿着手镜梳理头发的丈夫瞅都不瞅一眼，把磨成了三角形的左手大拇指闪闪发亮的指甲送到鼻尖跟前端详，问道：

"你怎么打算，看不看戏呀？"

"我并不怎么想看，可是说过要看了……"

"什么时候？"

"记不清什么时候了，反正是说过的。他那么热心地赞美人偶剧，为了让老人家高兴，便随声附和地说了。"

"嘿嘿。"美佐子摆出了笑脸，像是在讨好一个不认识的外人。

"你能这样说还算不错，从来也没见你陪陪我父亲。"

"反正我想哪怕去一次也是好的。"

"文乐座在哪儿呀？"

"不是文乐座，文乐座早就烧毁了，是道顿堀的弁天座小剧场。"

"不管什么座，总得坐着看吧？我可受不了，坐久了膝盖会疼痛。"

"那是茶人去的地方，有啥法子？——你父亲从前也不那样啊，也有特喜欢电影的时代，随着年龄增大，趣味也变得奇妙起来。最近我在一个地方听说，年轻时候玩女人的人，到老了一准喜欢玩古董，摆弄什么书画、茶具之类的东西，其实就是性欲的变形。"

"父亲的性欲还未变形吧，今天阿久还陪着他。"

"喜欢那种女人的多半也喜欢古董，那女人简直就像个人偶。"

"我们去他家，一定会碰见她的。"

"没法子，就当作行孝道，花上一两个小时吧。"

斯波要忽然感到，妻子之所以这么不爽快答应外出，恐怕还有其他原因。

"今天你是穿和服去吗?"

她起身，拉开橱柜抽屉，从漆纸包裹的袋子里取出几套丈夫的衣服。

对于和服，斯波要十分考究，完全不亚于妻子。这一件和服短外褂要配上这样的和服及腰带，不止一种，搭配要得当。连诸如怀表、表链、外褂带子、雪茄烟盒、钱包之类的，也要和服装相配。只要他认定其中的一件，美佐子就能为他搭配得恰到好处，除了妻子，再也没人可以做到。近来她常常独自出门，出去前往往会将丈夫要穿的衣物事先准备好。对于斯波要而言，唯一感觉到现在美佐子在尽一个妻子应尽的义务，非她不可的也就是这个时候，然而，这种时候又使他心中感到别扭。尤其是今天，当美佐子从身后给自己穿上衬衫，再整好衣领时，令他清楚地感受到了他们夫妻关系间相当不可思议的矛盾。看到这情景，会有人认为他们不是夫妇吗?现在家中干杂活的女佣大概做梦也不会怀疑的吧。连他自己看到美佐子如此帮着穿内衣和袜子，也会觉得这怎么会不是夫妻关系呢?夫妻关系的标志，绝非闺房的誓约做爱。一夜情的女人，斯波要过去可没少经历。不过，只有在这种日常生活中无微不至的体贴照料中才能看到夫妇关系的存在，那才是夫妇生活的本来面目。如此看来，他对妻子应该不会有任何的不满。

美佐子蹲下身子，双手绕过丈夫的腰间，为他系上锦缎腰带，斯波要看着她的衣领部位，妻子的膝盖上摊放着里外均用黑八丈绸缎制作的外褂，他即将穿上身。妻子正用细发针将印染有刀鞘的绦带图案扁带子穿进短外褂的扣环，细发针捏在她白皙的手掌上显得更加黑白分明，刚修磨过的指甲富有光泽，每当两根指头尖相碰时，就会发出甲斐绢①的嘶嘶声。因为长期形成的习惯，美佐子对丈夫心情的反应十分灵敏，她不停地挪动着身子，仿佛害怕自己会受到丈夫伤感心绪的影响。她敏捷、巧妙又机械地干着一个妻子应该做的一切工作。斯波要的眼光并不与她接触，却怀着恋恋不舍的心情偷看着妻子。站立着的他可以看到衣领下妻子的脊背，看到她内衣包裹着的丰满的肩胛，看到她在榻榻米上蹭行时从衣服下摆窝边处稍稍外露的脚踝，她的脚上穿着东京人喜欢的鞋楦般坚硬的白色布袜子。美佐子虽然年近三十，但在斯波要眼光所及之处的部分，依然鲜嫩水灵。倘若她是别人的太太，他大概会感受到强烈的肉体之美吧，甚至会禁不住产生将其拥入怀中的冲动，恰似自己曾经每晚拥抱入眠的那个肉体一样。然而，可悲的是，几乎从新婚时代起，这个肉体就对他失去了性欲的魅力。美佐子的肌肤至今水灵细嫩，或许正是她这些年来守活寡的必然结果，一想到这一点，斯波要与其怜悯她，莫如说更感到一种不可思议的阴冷。

　　"真是的，今天这么好的……"美佐子说着，站起身来绕到丈夫身后要为他穿上外褂，"天气，去看什么人偶戏，不太可惜了吗？"

---

① 以山梨县郡内地方为中心生产的薄型绢织品，有独特的光泽。

斯波要觉得妻子的手指有两三次触碰到自己的后颈项，那种感觉如同理发师的手指碰到时一样具有职业性的冷漠和平淡。

"你不要先打个电话过去吗?"斯波要打探妻子的真心。

"是啊……"

"还是打一个吧，要不然连我也过意不去……"

"我看不必了吧……"

"不过……让人家老等着也不好意思呀。"

"那倒也是……"她稍有犹豫，又问，"什么时候能回家?"

"现在去，假定只看一幕，大概也得五六点吧。"

"那现在去不会太晚吗?"

"那倒没关系，不知道老爷子今天的安排，要是他让我们陪着吃晚饭，也不便拒绝……还是明天去吧，保险一点。"

正说着，女佣小夜打开了纸槅门。

"太太，对不起，须磨来的电话。"

其二

　　美佐子拿起电话，足足说了半个小时，这才说服对方明天去须磨。她一脸的愁容，到了两点半过后，才罕见地与丈夫一起结伴出了门。

　　星期天，他们俩偶尔会带上小学四年级的儿子斯波弘上街，那是为了打消他的恐惧心理。近来，那孩子似乎隐隐约约地感觉到父母之间正酝酿着什么事端，像今天这样夫妇俩一起出门已经记不清隔了多少个月了。阿弘从学校放学回家，听说父母携手上街去了，准会感到十分高兴的，甚至会忘记自己被留在家里的寂寞。——然而，斯波要却难以判断这样做对孩子是好事还是坏事。虽然嘴上叫着"孩子、孩子"的，其实，一过十岁，孩子的心思就变得格外灵敏，与大人相比并无多少差别。美佐子说："外人不大注意，可阿弘是有所察觉的，他很敏感。"对此，斯波要常常是付之一笑地说："对于这种事，孩子的反应是理所当然的。觉得这样的孩子特聪敏，那只能说做父母的太傻。"所以，他早已决定，到了关键时刻，就像对待大人一样，把所有的情况都告诉孩子。——既不是父亲也不是母亲不好，要说不好，应该是无法在现代社会中通行的被传统旧道德束缚的观念。今后的孩子们不必为父母的离异感到羞耻，不论父母的关系如何变化，你永远是他俩的孩子。只要愿意，你随时可以到父亲家或母亲家去。——他打算这样理性地告诉孩子，他认为，孩子是能听懂自己这一席话的。倘若认为他还是个孩子，就随意编造谎言胡乱敷衍一番，那就是等同于欺骗大人一样的罪恶。只是考虑到尚有万一不分手的可能性，或者即便决定离异，却还未能决定的时候，尽量不要让孩子过分操心，反正离异之事随时都能决定的。夫妻俩各自怀着自己的心思，以至于拖至今日仍无定论。最终，为了让孩子放心，看到他喜形于色的笑脸，夫妻俩合伙上演了一出家庭和睦的假戏。然而，孩子似乎看穿了两人演的这场假戏，并不认可，表面上做出兴高采烈的模样，内心却也体察到父母的苦心，也许反过来会努力设法让父母亲感到放心。斯波要觉得，这种时刻，孩子天生具有的本能会发挥出相当深刻敏锐的洞察力，因此，一家三口一起外出散步，其实是便于隐匿父亲、母亲、孩子各自为战的心情，脸上露出装模作样的微笑。他对这种状态感到不寒而栗。一家三口在相互欺骗，夫妇间的合谋现在变成了家长和孩子间的合谋，而且三人又一起在欺骗社会。——为什么非得让孩子也学成这样？这使得斯波要更感到自己罪孽深重，感到孩子可怜无辜。

诚然，他缺少新道德先驱者们那样的勇气，不敢把自己的夫妻关系公之于众。正因为对于自己的所作所为多少有点自视甚高且问心无愧，斯波要到关键时刻或许还会进行反抗，却也不想勉为其难地把自己置于于己不利的位置。虽然与父亲的时代不可同日而语，可毕竟自己还有一点资产，名义上还是公司的一个董事，好歹还能算有闲阶级的一员，所以只想尽量在社会的一个角落里谨小慎微、安分守己地低调度日，也不会给祖宗的脸上抹黑。即使自己并不害怕亲戚们干涉，如果不去庇护比自己更容易遭受误解的妻子，那么最终这夫妻关系就无法维系下去。比方说，要是如实地把近来妻子的行为告知住在京都的岳父，那么，岳父再通情达理，碍着世间的情面，也不可能原谅女儿的蛮横无理。要真是那样的话，哪怕美佐子提出与斯波要离婚，她能否如愿以偿地嫁到阿曾家去还是个疑问。尽管她口口声声地说"什么父亲，什么亲戚的压力，我都不怕。我已经做好了与所有人断绝关系的准备"，可事情真会是那样的吗？要是事前就有她的不良传言，只要阿曾那边有家长和兄弟，那么可以想象他们一定会出来干扰。不仅如此，他还必须考虑到母亲会对孩子的将来产生的影响。考虑到如此这般的种种情况，为了将来离婚后大家都能幸福地生活，就必须很好地取得周边人们的理解，因此平时小心翼翼地不让大家有所察觉。为此，夫妇俩的交际范围有所缩小，尽量不让外人窥度家里的私事。然而，为了公开的应酬，有时不得不装扮成和睦的夫妇，这种时刻，双方的心情都好不到哪里去。

细想起来，美佐子打刚才起就一直不愿出门，原因之一恐怕就是讨厌这种装扮。她表面上性格柔弱，可是内里却意志刚强，什么旧习惯老传统，什么人情面子，比起斯波要来，她更勇于进行挑战。虽然为了丈夫和孩子，她尽量谨言慎行，但是像今天这样，她认为没有必要主动到人前去演戏，肯定心中带着不悦。对她而言，这种自欺欺人的表演，不仅使自己感到不快，还会影响到阿曾的感情。虽说阿曾要面对现实，但是当听到她与丈夫一起去道顿堀看戏，恐怕心里是不会高兴的。除非不得已，阿曾一定不希望他们夫妇俩一同进进出出的。究竟是丈夫没有意识到这一点呢，还是他虽有察觉，却不认为需要顾及？因为丈夫没有明确的表示，所以美佐子感到焦虑。到了今天，丈夫为何还要取悦岳父？她的父亲如果可以永远是他的丈人那还好说，但说不定要不了多久，他就不能叫他"父亲"了，这种时候还要陪他去看戏，又有何意义呢？现在硬装出一副孝顺的样子，今后一旦水落石出，岂不更加会激怒老人？

夫妇俩怀着各不相同的心境坐上了从丰中开往梅田的阪急电车。三月末，正是垂枝大叶早樱开始绽放的时候，灿烂的阳光照射下，气温还带有些许凉意。斯波要身上的春季薄外套的袖口处露出了八丈岛黑绸制作的和服短外褂，在车窗明媚阳光的照射下，宛如海滩的细沙闪闪发亮。他穿和服，即便在大冷天也不穿衬衫，这样更显得仪容整洁。他把双手插进怀里，感觉到和服汗衫与身体之间鼓起的清凉的春风。因为不是上下班的高峰时段，车厢里乘客稀少，各自舒畅地坐在座位上，崭新的车顶棚刷着白色的油漆，空气清新通透，并排而坐的乘客们的面容个个健康明朗。美佐子故意选择与丈夫面对面的座席就坐，将鼻子以下的部位深深地埋在毛皮围巾里，拿出一本缩印版的《水沫集》①阅读。她握着刚买下的马口铁似的翘起的白色布料书脊，从天蓝色绢织手套的细网状网眼中，不时露出那精心磨过的发亮的指甲。

在电车里，美佐子选取丈夫对面的座位几乎成了他俩外出时的

---

① 《水沫集》是收录森鸥外的小说《舞姬》和译诗《於母影》的作品集。

习惯。如果与孩子一起外出，他俩就分别坐在孩子的左右两面，若孩子不在身边，基本上就是一个人等另一个落座后，选择对面的座位入座。若是两人并排而坐，隔着衣服能互相感知对方的体温，未免感到不适，如今甚至还会觉得不够道德。即便这样面对面地坐在一个车厢里，对方那张脸仍嫌碍眼，美佐子总是事先准备好某种读物，坐下后就立刻在自己脸前竖起一道屏障。两人到达梅田的终点站下车，各自取出回数券①出站，仿佛说好了似的一前一后相隔两三步距离来到站前广场上，丈夫率先，妻子随后默默地钻进出租车厢，这才像一对夫妻一样并肩而坐。倘若有人要从封闭的四扇车窗里窥视他俩，那么，两人的额头、鼻子、下颏就像贴花一般的重合，两人均目不斜视，直直地盯着前方，随着车子摇晃着前行。

"究竟上演什么戏啊?"

"昨晚的电话里说是小春治兵卫②的，好像还有别的什么……"

两人被长时间的沉默各挤出一句话来，眼睛却依然看着正前方，映入眼帘的只有对方泛白的鼻尖。

美佐子不知道弁天座剧场在什么地方，在戎桥下了车后只好默默地跟着丈夫走。丈夫看来已经在电话里打探清楚，走到道顿堀的一家剧院茶馆，再由茶馆的女招待领去戏院。美佐子一想到马上就要见到父亲，又必须在他跟前扮演好妻子的角色，心情便格外沉重起来，眼前浮现出在池座里占着座位，一边由比女儿还要年轻的阿久作陪喝酒，一边聚精会神地盯着舞台的老人的形象。父亲已经够

---

① 指公交系统发行的联票，多张订成一本或一套，购买时有百分之十至二十的优惠。
② 指近松门左卫门（1653—1724）创作的人偶净琉璃《心中天网岛》和根据其改编的作品。

烦人的了，可是阿久却更令人讨厌。她是京都人，大方文静，无论关照她什么，总是连连答应，唯唯诺诺，酷似一个没有灵魂的女人。东京出生的美佐子自然与她格格不入，尤其是她陪在父亲身旁的时候，美佐子觉得父亲不再像个父亲，倒像个卑鄙下流的老爷子，叫人见了恶心至极。

一走进剧场木门，落伍于时代的粗杆三味线低沉的音响扑面而来，美佐子像是对这余韵表示反抗似的说："我只看一幕就回家。"

被茶馆的女招待送来小戏院，这种经历已经是多少年前的事情了。当斯波要脱下木屐，穿着布袜的脚底踩到冰凉溜滑的走道地板上时，昔日母亲的面影瞬间浮上心头。那时只有五六岁，母亲将他抱在膝盖上坐人力车从藏前去木椀町，穿上福草屐，母亲牵住他的手，从茶馆走到歌舞伎座的走廊上，正是这样的感觉，当时小孩子的布袜底踩着的也是这么冰凉的走廊地板。一走进老式小剧场的木门，就觉得寒气袭人。他至今记得，阴冷的风从他漂亮的衣服下摆和袖口一下子钻了进来，恰似薄荷那样沁入肌体。那种寒冷就像观赏梅花时节的天气，虽然朔风砭骨，却也晴朗清爽。母亲催促说："已经开场了。"他于是兴冲冲地往前跑去。

可是，今天的剧场内比走廊上显得更冷，夫妇俩沿着花道前行时，不禁觉得手脚都僵硬起来。环视场内，剧场空间不小，却只有四成观众上座，场内流动的空气与大街上流动的朔风无异，连舞台上活动的人偶也缩着脖子，一副孤寂可怜的模样，却与演员们低沉的声调和三弦琴的音色保持着不可思议的和谐。舞台正面的池座大约三分之二的座位都空着，观众都集中在靠近舞台正前方的位置。两人远远地看到了老人的秃顶脑袋和阿久油亮的圆发髻。阿久看到两人从远处走下来，便小声问道："你们到啦？"同时把占着座位的泥金画漆器食品提盒一格格小心地摞起，挪到自己的膝盖跟前。

阿久为美佐子腾出老人右边的座席，自己谦恭地坐在他身后，对他耳语："他们来了。"

老人稍一回头，只是"哦"了一声，又继续聚精会神地盯着舞台。

岳父穿着石拓片印染的棉绸和服短外褂，像是古时候的"十德"和服，又肥又厚，说不上确切的颜色，总之属于绿色系，就像人偶身上穿的服装那样既华丽又素雅，奄美大岛产高级双面异色花纹的夹衣里露出黄八丈绸的内衣，左手臂从宽袖口里伸出，手肘支在池座的分隔木上，又把手臂绕到后背上，自然地露出后颈项，于是，驼背就显得更加浑圆。无论是穿着打扮还是行为姿势，他喜欢这种老爷子的风格，常常把"老年人就得像老年人的样子"这句话挂在嘴边，几乎成了他的口头禅。细想起来，他今天所穿的这件和服外褂的色调大概正和他"人过五十再穿艳丽服装反而显老"的信条相符，他是打算要作具体实践吧。岳父总是口口声声地自称"老人老人"的，可是，斯波要并不觉得他已到老年人的岁数，就算他二十五岁结婚，与已经过世的老伴生下长女美佐子，说不定今年还不到五十五六岁。而且，据美佐子的观察，其父亲的性欲尚未发生变态，这也从反面证实了这一点。因此，斯波要不时会对妻子说道："你爸爸爱摆老年人的谱，其实那是他的一种嗜好。"

"太太，您的脚不疼吗？请伸直到这边来……"

性情温和的阿久在狭窄的方形池座里勤快地劳作，又是倒茶，又是送点心，还不时地向美佐子搭话，但不论她说什么，美佐子一概不予理睬，连头都不回一下。这时，老人的右手伸向后面，去取烟盘角上放着的酒杯。阿久见杯中的酒快没有了，赶紧轻轻地斟上。老人最近提出"喝酒必用漆杯"，于是购入了绘有《东海道五十三驿站》泥金画的朱漆酒杯三个一套，现在用的就是其中的一个。就像宫廷贵族家侍女外出赏花一样显摆，老人把这些东西都放进泥金磨画漆器食盒的抽屉里，而且他喝的酒和下酒菜均须从京都运来。茶馆对这样的顾客感到为难，阿久也一定会倍加辛苦。

"您也来一杯吧？"

说着，阿久重新从食盒抽屉里取出一个酒杯给斯波要。

"谢谢。我白天不喝酒……不过，脱了外套觉得有点儿冷，那就稍微喝一点吧。"

不知阿久头上是否抹了生发油，当她的鬓发微微触碰到斯波要脸颊的时候，一缕类似丁香味的馨香飘来。凝视着自己杯中斟满的透明液体底部的金色的富士山彩绘，富士山下画有广重①风格的工笔画街区景致，旁边标有"沼津"二字。

"用这样的酒杯喝酒，太上品了，简直让人难以置信。"

"是嘛。"

阿久一笑，就露出一颗发黑的虫牙，那是京都女人可爱的标志之一。她的两颗门牙根部就像染过铁浆似的墨黑，右边的犬齿上长有一颗龅牙，尖尖的几乎要顶到上唇。有人说她那口牙齿显得天真，不过，平心而论，她的嘴形长得绝对算不上漂亮。美佐子对此评价说"觉得肮脏野蛮"未免刻薄，但是阿久不想去治疗不卫生的牙齿确实体现了一个愚昧无知女性的悲哀。

---

① 广重即歌川（安藤）广重（1797—1858），日本江户后期浮世绘画师，《东海道五十三驿站》是其代表作。

"这些酒菜都是在家里做好后拿来的吗？"

斯波要拿起阿久夹到小碟子里的鸡蛋紫菜卷饭团，问道。

"是的。"

"提着这么沉重的多层套盒过来，够累的吧？戏散场后还要再拎回去吗？"

"是的。您岳父说剧场的饭味道太差，没法吃……"

美佐子回头瞟了他俩一眼，马上又扭头望着舞台。

打刚才起，斯波要就觉得美佐子不时要伸直腿，布袜的脚尖部分触碰到自己的膝盖又赶紧往回缩的情况，在狭窄的池座中，夫妇俩悄悄地不为人知地避免接触，不禁令他暗自苦笑。为了掩饰这种心情，他从妻子身后问道：

"怎么样，有意思吗？"

"平时你尽看些有意思的，偶尔看一次人偶戏也行吧。"

"我刚才一直盯着那位义太夫①演员的扮相看，觉得挺有意思。"

岳父好像听到了他们的说话声，"哎嗨"地咳了一声。他的眼睛并不离开舞台，手从膝盖下摸出一个猴形的描金皮革烟袋，但是没有拿到烟管，所以手在周边不停地摸索。阿久见状，立刻帮他从坐垫下找出烟管，点上火后送到他手掌上，接着像是想起什么似的也从自己的腰间取出红色琥珀荷包形烟丝袋，将白色的小手指甲伸进了带有搭扣的盖子处。

原来如此，人偶净琉璃是要小老婆陪在身边边喝酒边观赏的。——等到大家都安静下来后，斯波要独自这样思忖着，茫然地

---

① 全称"义太夫节"，日本传统曲艺净琉璃中的一种。

以微醺的眼睛瞅着舞台上"河庄"那场戏的场面。刚才喝了比一般酒盅大一点的一杯酒，酒劲上头，多少有点儿晕乎乎的，觉得舞台离自己颇远，人偶的脸型和衣裳的花纹都看得相当费劲。他始终凝神注视着坐在舞台右侧的小春。那位治兵卫脸相具有能乐面具的意味，因为是站立着的人偶，长长的躯干下面的双脚晃晃荡荡的，看不惯的人觉得不可接受，反倒是低着头一动不动的小春形象显得最美。她身穿一件颇不合身的肥大的和服夹衣，虽然是坐姿，但是夹衣的窝边还是垂到膝盖跟前，显得不甚自然，不过，斯波要还是很快地忘记了不自然，并适应了她。

老人把眼前的人偶与达克①的人偶操纵法做过比较，他认为西式做法是把人偶吊在空中，腰部不固定，虽然手脚也能活动，但是缺少活人那种栩栩如生的弹性和韧性，没有衣服里面有血有肉的真实感。而日本的文乐人偶呢，演出操纵者的手直接伸进人偶的身体，人的血肉之躯就可以在衣裳里活生生地活动。这是因为演出者巧妙地利用了日本和服的特点。西方人就是想要模仿，穿西服的人偶也难以做到。因此，文乐的技艺是独具特色，如此思考缜密的用心一定是别有洞天，难以企及的。然而，站立进行剧烈动作表演时，看上去显得笨手笨脚，形象不佳，这是因为下半身荡在空中，无法防止，尚未完全克服达克操纵法的弊端。总结老人的观点，他认为文乐人偶还是坐着表演有看头，呼吸时肩头细微的颤动，柔美的故作娇态，四肢的轻微动作，都那么生动逼真，令人叹为观止。

---

① 英国人达克率领的人偶演出团于明治三十二年至三十五年（1899—1902）访问日本，上演用绳线操控的西式人偶剧。之后，日本人在东京浅草一直演到二十世纪三十年代，被称为"达克人偶"。

斯波要拿着演出说明书，要寻找饰演小春的人偶操纵者。之后才知道原来是这一行被称作名人的文五郎①。一见真人，果然和颜悦色，气质高雅，一副名人的气度。他总是带着沉静的微笑，用疼爱自己孩子一般慈爱的目光看着手中怀抱着的人偶的头发，沉浸在自己的艺术境界之中。他的模样不禁令人对这位老艺人的艺术生涯产生敬仰羡慕之情。斯波要突然想起在《彼得·潘》电影中见到的妖精，小春正是化作人类模样的小妖精，滞留在身穿无袖短外衣的文五郎的手腕上。

"我不懂净琉璃，就觉得小春的形象棒！"

斯波要半是自言自语地说道。阿久肯定是听到了，不过没有人搭腔。为了看清舞台上的表演，斯波要不停地眨着眼睛。随着刚才的几分醉意渐渐消退，小春的容颜越发轮廓鲜明起来。她的左手插入怀里，右手罩在火盆上烤火，下颌埋在衣领之中，一副陷入沉思的模样，这种一动不动的姿势从刚才起已经保持了相当长的时间。斯波要定睛看去，这人偶好像没有操纵者，小春已不再是抱在文五郎怀里的小妖精，而是稳稳当当地端坐在榻榻米上。她与演员扮演的形象感觉大不相同，梅幸②和福助③的表演再怎么惟妙惟肖，却难免给人以"这就是梅幸""这就是福助"之类的感觉，而小春则是纯粹的小春，不是别人。虽然比起演员来有缺少表情的缺点，不过细想起来，过去妓馆区里女人可不像现在舞台上演戏的演员那么

---

① 即吉田文五郎（1869—1962），饰演女旦人偶的名人。1929 年后，作为文乐界的重要人物活跃于演艺界。
② 梅幸即尾上梅幸（1870—1934），日本歌舞伎演员六世，擅演女旦。
③ 福助即中村福助（1900—1933），日本歌舞伎演员五世，扮演年轻貌美的女性，颇受期待，但过早夭折。

明显地喜怒哀乐形于颜色，生活在江户元禄时代的小春，应该就是一个"人偶似的女人"吧。即使事实并非如此，反正来观赏净琉璃的人心目中的小春并不是梅幸和福助，而是眼前这人偶的形象。古人理想之中的美女，应该是个性深藏不露、举止谨慎谦卑的人，这类人偶的造型真可谓恰到好处，再赋予其别的特长反倒会影响她的美好形象。或许古人会觉得小春、梅川、三胜和阿俊①全是一个长相，也就是说，只有眼前的人偶小春才是日本传统中"永恒女性"的容貌……

约莫十年之前，斯波要在御灵的文乐座剧场看过一次人偶戏，那时索然无味，只留下枯燥无聊的记忆。今天打一开始就别无期待，只是为尽人情才来看的，不料不知不觉之中竟被舞台上的演出吸引过去，自己都甚感意外。他不能不感觉到这十年间自己变老了，照此发展下去，说不定京都老丈人的茶人情趣很快会在自己身上出现。再过十年，自己一定会步其后尘，娶上一个像阿久一样的妾，腰间挂上个描金皮革烟袋，拎着泥金磨画漆器食盒前来看戏……不，或许根本要不了十年，自己年轻时代就显得老成，会比别人老得更快。——他比较着脸颊松弛下坠阿久的侧脸和舞台上小春的脸型，觉得阿久那张老是睡不醒似的忧郁的脸与小春有点儿相似，同时还产生了两种互为矛盾的心绪：人进入老境未必悲哀，老人自有老年人的乐趣；另一种则是想到自己要进入晚年正是自己已经变老的先兆，所谓夫妻想要离异，也是为了让美佐子重新获得自由，再得青春。此刻，哪怕是与妻子赌一口气，也不能让自己就此老下去。

---

① 梅川、三胜、阿俊分别是歌舞伎、净琉璃《冥土邮差》《艳容女舞衣》《近期河原恋情》中的女主人公。

其三

　　"昨天晚上您特地打电话来请我们看戏，十分感谢……"幕间休息的时候，老人一下转过身面对着斯波要，他赶紧谦恭地说，"托您的福，今天的戏很有意思，不是恭维，的确很有看头。"

　　"我又不是人偶演员，没必要说我好话。"

　　老人觉得冷，将脖子缩在用女性衣物零头布制作的退了色的蓝灰绉绸围巾里，沾沾自喜地说。

　　"把你们叫来看戏，知道你们不喜欢，不过么，还是见识一次吧……"

　　"不，我觉得很有意思，与上一次看感觉完全不同了，出乎我的意料。"

　　"你还不知道，要不是演治兵卫和小春的大牌演员在，这戏还不知道会演成什么样子呢……"

　　美佐子知道父亲就要开始高谈阔论了，咬着下唇微微笑了起来。她用手掌上化妆盒里的粉饼拍打起鼻子来。

　　"观众真是少得可怜哪，周六和周日不至于这样吧?"

　　"什么呀，总是这么点人……今天还算是好的。总之，这个剧场太大，以前那个文乐座，小巧玲珑的，十分合适……"

"报纸上说，好像那儿不再批准重建。"

"说实在的，就是因为上座率太低，松竹就不肯掏钱。投资的事是最难的，这大阪的地方乡土艺术，看来非得有哪个慈善家来出资不可了。"

"怎么样，爸爸您来出钱吧?"美佐子从一旁插上一句。

老人一本正经地回答："我可不是大阪人……我认为这应该是大阪人的义务。"

"不过，您不是倾心于大阪的艺术吗? 对于大阪，您早就敬佩得五体投地了吧?"

"要那么说，你就是对西方音乐五体投地咯?"

"那倒未必。不过，我不喜欢净琉璃，吵吵闹闹的……"

"要说吵闹，我上次已经听到过了，那就是爵士乐。那算什么玩意儿? 就像是西式的祭礼乐，居然还能流行。那东西日本从前就有，喊里哐当叮咚锵的，敲锣打鼓呗。"

"您一定是在临时搭建的小剧场里听的低档爵士乐吧?"

"还有高级的吗?"

"那当然有啦……您可别看不起爵士乐。"

"反正现在年轻人的行为真是看不懂，女人么，不知道礼仪规矩，比方说你现在手上拿的，这叫做什么呀?"

"这个? 这叫化妆盒。"

"近来流行这东西，当着外人的面，肆无忌惮地开盒匀脸，一点儿也不优雅。阿久也有一个，上次被我呵斥了一顿。"

"不过这东西很方便呀。"

美佐子故意悠然地把脸转向亮处，对着化妆盒镜子，精心往嘴唇上抹口红。

"瞧，你那模样多难看。正经本分的太太小姐可不会在人前这么干。"

"可现在谁都这么做。我所认识的太太们聚会时，一上席就拿出化妆盒，还有些是名人呢。菜肴都端上桌子，她们照样视若无睹，匀脸打扮，因为她一个人，吃饭时间拖得很久。当然那也算个极端的例子。"

"那是什么人哪?"斯波要问。

"中川太太，你不认识的。"

"阿久，你帮我看看这火。"老人从下腹部拿出怀炉包，自言自语地说道，"这场子太大，观众又少，真冷得受不了。"

阿久正忙着拨弄怀炉灰，趁她不得空时，斯波要机灵地拿起长把锡酒壶对岳父说:"怎么样，给胃里也放个暖炉吧?"

舞台上已出现了第二幕即将开场的征兆，可是丈夫却笃悠悠的，完全没有借机退场的迹象。美佐子从刚才起就有点焦虑不安了，出门时须磨来的电话里她就与对方约定:"我一点儿也不想去，会尽量早地退场，争取七点前见面。"不过，因为说不准何时能离开，所以也让对方做好自己去不了的思想准备……

美佐子揉着膝盖骨说:"明天这地方能疼上一整天。"

"你可以等开演后再坐下嘛。"

斯波要边说边与她使了个眼色，当美佐子明白丈夫的意思是"现在不便说，马上要回去"时，不由得怒火中烧起来。

"到走廊上去转一圈，活动一下如何?"老人说。

"走廊上有什么有趣的事吗?"她半带着讥讽的口吻,随后又用玩笑话打岔,"我已经被打扮的艺术降伏,只消看一幕,就比爸爸还要倾倒。"

"哼哼。"阿久笑在鼻子里。

"怎么样?你打算……"

"我嘛,怎么都行……"

斯波要的回答总是模棱两可,只是今天,他实在无法掩饰心中对妻子执着地盯着他问"回不回去"的态度的些许不满。他知道妻子不想在此久待,其实用不着她催促,自己也会见机行事,在适当的时候巧妙地辞行。不过既然岳父特意叫自己来看戏,做女儿的,应该在父亲面前做出高兴的样子,听从自己丈夫的安排,像一对和谐共处的夫妇那样……

"现在退场,正是时候呀……"美佐子毫不介意丈夫的脸色,在胸前打开双盖的景泰蓝怀表,"既然来了,何不顺便去松竹看看?"

"你呀。斯波要觉得这戏有意思啊……"老人不耐烦地皱起了眉头,像是对磨人的孩子发急,"着什么急,再陪我看一会儿,松竹那边以后再去吧。"

"好啊,他想看,就让他留着看吧。"

"饭盒里的菜是阿久昨晚花时间做的,吃了再走吧。那么多,我们吃不完的。"

"你们特地上门,做得不好,怕不合口味。"

阿久犹如在大人身边久待的孩子一样,对于与己无关的他们三人的交谈听过不做理会。她不好意思地把歪斜的多层食盒盖子重新

24

盖好，将装有镶嵌式各种花色菜肴的方形容器遮蔽起来。老人对饮食比较挑剔，煮一块高野豆腐都有复杂的讲究，为了调教这位年轻的小老婆，他费心传教烹调技巧，如今，只有阿久烧出的菜才符合他的口味，所以，今天他想让女儿女婿也务必品尝一下。

"去松竹已经太晚了，明天再去吧。"斯波要所说的"松竹"中，明显带有"须磨"的含义。

"好吧，那就再看一幕，品尝一下阿久精心制作的佳肴再回去。"

夫妇俩难以合拍的心绪在观看第二幕《治兵卫之内场》时变得更加奇妙了。虽然上演的是人偶剧，说的是充满夸张怪诞的色彩的净琉璃故事，但是治兵卫与妻子阿珊的夫妻关系与他们夫妻俩又是何其相似，会使他们不禁相视苦笑。斯波要听到"老婆是心如恶鬼还是心如蛇蝎"的台词时，深感这是委婉而又贴切地对夫妇间缺少房事的表达，不由得觉得心中一阵疼痛。他隐隐约约地记得《天网岛情死》并非巢林子①的原作，而是半二②或别的什么人改编而成的，但是这一句台词肯定是原作就有的。老人对净琉璃的文章大加褒扬，说"如今的小说真是望尘莫及"，所特指的就是这样的地方。一想到这一点，马上又浮现出一种担心：这幕戏结束后，老人是否会谈论起这句台词？会不会操着老一套的腔调说："老婆是心如恶鬼还是心如蛇蝎，你们看古人说得多好！"以博取大家的同感。想象到那种场合，斯波要觉得有点待不住了，还不如采纳妻子的主

---

① 巢林子，近松门左卫门的别号。
② 半二即近松半二（1725—1783），他将《天网岛情死》改编成《纸店治兵卫情死》上演。

意，早早退场为好。

　　然而，他又会常常遗忘心中的不快，被舞台上表演的瞬间吸引过去。上一幕戏只有小春一人吸引他，这一幕不论是治兵卫还是阿珊都表演出色。双层舞台的红褐色门框的房间里，治兵卫头枕规尺，把双脚伸入被炉，专心致志地倾听阿珊的叨叨。——任何年轻男子都会眷恋黄昏时分花街柳巷的灯光——虽然演员的台词中没有黄昏的描写，但斯波要觉得这场面一定在黄昏时分，格子窗外的大街上昏暗的天色里有蝙蝠在飞舞——他在心中描绘出大阪的商业街的情景。身穿通风双面异色织法和碎花纹绉绸衣物的阿珊的容貌，比起小春来忧郁有余，艳美不足，给人以一种男人厌烦的正经的商家女的感觉。此外，或许是看惯了的缘故，在舞台上大肆胡闹的太兵卫和善六双脚悬空扑腾的动作也没上一场那样扎眼，不可思议地渐渐觉得自然起来。而且，这么多人的咒骂、叫喊、争吵、嘲讽，还有太兵卫式的嚎啕大哭，所有的一切都是围绕着小春这个中心，异乎寻常地拔高了这个女人的美丽。他终于明白了，根据表达形式的不同，净琉璃中的喧哗吵闹并不一定是低档庸俗，反而会增加其悲剧的色彩。……

　　斯波要之所以不喜欢净琉璃，是因为演员的道白过于猥琐，令人讨厌。通过演员表现的大阪人的厚颜无耻、为达到目的不择手段的做派，使东京出生的他和妻子十分不屑。总体上说，东京人比较腼腆谦恭，不像大阪人那样随性：在电车和火车中毫无顾忌地与陌生人打招呼，甚至直接打听别人手上东西的价格，询问购货的商店。东京人对他们这种习性不以为然，认为是不懂礼仪、缺少教养的表现。相比较而言，说得好听些，东京人具有比较健全的常识，不过，或许因为过于圆熟，过分拘泥于虚荣和面子，结果反而瞻前顾后，难免消极退避。总之，净琉璃的道白能将东京人最厌恶的冒失无礼演绎到淋漓尽致的地步。不必表现多么激烈的情感，也不用做出那种歪脸咧嘴、仰面翻身、胡乱挣扎的丑态。要是非那样不足以表达自己的感情，那么东京人宁可不做表达，落得爽快潇洒。妻子美佐子近来为了排遣内心不为人知的忧愁，开始学起了长歌，不知是否因为斯波要常常听到她所弹的曲调，清脆的弹拨音听上去却感觉亲切。据老丈人说，为唱歌伴奏的三弦师必须由大家担当，否则拨子在蛇皮上咔嚓咔嚓地作响会影响琴弦声。如此说来，京都和大阪一带的近畿地区不论是净琉璃还是当地歌谣，都不像东京地区那样激烈地弹拨，虽然弹出的乐曲音色圆润有余韵，但是，美佐子和斯波要却不苟同，夫妻俩认为，日本弹拨乐表现手法本来就单调，以轻快为主调的江户流派听上去并不喧闹刺耳，不会惹人讨厌。有关乐曲，他们夫妇俩倒是趣味相投，与老人对峙。

老人经常把"现在的年轻人呀"挂在嘴边，说是崇洋媚外的年轻人什么都像达克的人偶戏那样，腰板不稳，浅薄浮躁。不过，这老人话语中多少有点夸张的成分。说实在的，以前有一段时间，他自己也曾拼命赶时髦，崇拜西方到令人作呕的程度。要是有人说日本的乐器单调，他就会一跃而起开始他擅长的滔滔不绝的议论。于是乎，斯波要也怕麻烦，适可而止地退却下来，但是对于自己被他视为浅薄浮躁是极为不服的。他以为，现在日本人的趣味大都还是德川幕府时代的老情趣，自己追求的时髦其实是对那些旧趣味的讨厌和反感。虽然心里明白这一点，却不知如何解释才能说服岳父。依据自己脑中既模糊又贫乏的知识，或许只能告诉老人德川时代的文明格调不高，由于是町人创造的文化，什么时候都难以摆脱商业习气。在东京商业地区长大的斯波要，并不讨厌工商聚集区域的氛围，有时甚至还会感到亲切和怀念，可是，正因为如此，作为那种区域的子弟，多受到商业气息的耳濡目染，也会感受到自己的卑俗。于是，他以逆反的心情追崇远离商业气息的宗教性的、理想性的东西。只要是美的东西、可爱的东西、感人的东西，必定会具有某种光辉的精神，给人以崇高的感动。——只有面对如此高雅的事物，自己才会有顶礼膜拜的心情，或者有腾空而起时那样的兴奋，否则是不可能感到心满意足的。这还不仅仅是对艺术，对于异性也一样，在这一点上，他可以说是一位女性的崇拜者。诚然，无论是艺术还是女性，他都还没有体验过兴奋，只是朦朦胧胧地怀有那样的理想，对那些无形之物抱有一种憧憬。而触及西方的小说、音乐、电影，他觉得多少能使自己的向往得到些许满足。因为西方自古就有崇拜女性的精神，西方的男人把自己恋爱的女人看作希腊的女神，将她们想象成圣母。斯波要认为，西方人的这种心情与各种习惯广泛结合，一并反映在艺术之中，而缺少这种精神的日本人的人情风俗就显得难以言喻的浅薄和贫乏。以佛教为背景的中古时代的文化以及能乐艺术多少还能够让人感受到古典的庄严和优雅，到了德川时代，随着佛教影响的渐行渐远，艺术格调变得一味地低下起来。虽然井原西鹤、近松门左卫门笔下的人物都写得温柔可爱，伏在男人的膝盖上哀婉地哭泣，然而，她们绝不是能让男子屈膝仰视的女人。所以，比起歌舞伎来，斯波要更喜欢看洛杉矶制作的好莱坞美国电影。不断创造新的女性美，一心向女性示好的美国绘画世界尽管有俗恶的一面，却也接近他的理想。斯波要觉得：在整体上令人讨嫌的日本演艺中，只有东京的戏剧、音乐还能够体现出江户人的机灵潇洒的风尚，而净琉璃则始终固执于死皮赖脸的德川时代的趣味，最终令人难以接近。

可是，今天不知何故，他一开始就对舞台上的演出看得聚精会神，并未产生任何的反感，自然而然地被吸进了净琉璃的世界，连那单调沉闷的三弦音色也前所未有地沁入了自己的心田。他静静地品味着，发现自己以往讨厌的市民社会的男女痴情中，也并不是没有可以满足自己平时憧憬的东西。垂挂着布帘的门口、漆成红色的门槛——隔扇门设置在舞台左侧的一成不变的舞台设计令人产生对于阴暗忧郁的工商聚居区的厌恶感，不过，也正是在这种阴暗忧郁的氛围中，潜藏着寺庙大院里正殿才有的深邃，放射出佛龛里古老佛像背后黯淡的光环。可是，这与美国电影中的明亮的光辉不同，只是掩埋在千百年来传统尘埃中的一种清净、巍巍的幽光，一不留神，就会看漏……

"来，怎么样？要是已经饿了，就请用吧。做得并不好……"

这一场落幕的时候，阿久把食盒里的食物分给大家吃。斯波要的眼前还跳动着小春和阿珊的形象，岳父的议论即将转到"女人心如恶鬼还是蛇蝎"的话题，所以吃东西时也有点儿心神不宁。

"可是，吃完就走，实在太不好意思……"美佐子说。

"这就要回去吗？真是的。"阿久说。

"原本我还想再看一会儿的，她说想去看看松竹座，既然这样，我就……"斯波要说。

"那么，太太……"阿久还想着挽回，边说边轮流看着老人和美佐子。

这时，报幕员已经在讲解下一幕的内容，夫妻俩乘机离席，阿久将他们送到走廊上。

"也没能尽上什么孝道。"来到道顿堀华灯初上的大街上，美佐子舒了口气，见丈夫并不作答，只顾往戎桥方向走，便叫住他。

"唉，不是朝那边走的。"

"是嘛。"斯波要转身去追赶匆匆朝日本桥方向走去的美佐子，说道，"我想到那一边可以拦到车。"

"现在几点了？"

"六点半。"

"咋办呢？……"

妻子从和服衣袖里取出手套，边走边戴上手套。

"想去的话你就去吧。这时间看来还来得及。……"斯波要说。

"如果从这儿走，是否从梅田坐火车去快一点呢？"

"要快，最好坐阪急电车到上筒井，然后打车过去——不过，要是这样，我们就得在这儿分手了。"

"你上哪儿去？"

"我顺着心斋桥大街溜达回家。"

"那么……你先到家，能否帮我打个电话，让他十一点来接我一下？"

"嗯。"

斯波要为妻子叫了一辆新福特牌出租车，目送着车窗玻璃中的妻子的侧脸，再次消失在道顿堀大街的人流之中。

其四

阿弘：

学校何时开始放假？考试结束了吗？正好在你放假的时候，我回家去。

给你带什么礼物呢？你想要的广东犬，我找了一段时间，可惜没有找到。同样在中国，广东和上海相距很远，就像是两个国家。眼下这儿流行饲养"灰猎犬"，要是你喜欢，我可以给你带去。我想你对这种狗已有所了解，现附上一张灰猎犬的照片，供参考。

说到照片，你不是喜欢照相机吗？"百代"的怎么样？要狗还是要相机？请给我回信。转告你爸爸，跟他说好的《一千零一夜》已经在凯利·沃尔修书店买到，会给他带去。那是给大人看的《一千零一夜》，而不是给孩子看的那一种。

那告诉妈妈，我会给她带去绸缎和腰带粗毛料。我看中的东西她总是看不上，说不定这一次又要像以往那样挨她的抱怨，因此，比起你的狗狗来，我更担心她的挑剔。

行李太多，多得拿不下。要是带狗狗回去，会先发电报，最好来船上取。

　　预定在二十六日乘坐上海号轮船抵达。

高夏秀夫

致　　斯波弘

　　二十六日的中午，父亲带着阿弘到码头迎接。阿弘在轮船走廊上打听过后，马上找到了高夏秀夫的舱室，一见面，立刻问道：

　　"舅舅，狗狗呢？"

　　"狗嘛——哦，放在那儿呢。"

　　高夏身穿发白的钢花呢子上衣，里面穿着灰色毛衣，下身也穿同样灰色的法兰绒长裤，正忙着在船舱房间里来回收拾行李，还不停地把雪茄烟一会儿放到嘴里，一会儿取出拿在手上，因而显得更加忙乱。

　　"行李可真不少啊，这次要待多少天哪？"

　　"这次在东京有事要办，打算在你家住上五六天。"

　　"这是什么呀？"

　　"那是酒——非常陈的绍兴酒，要的话，可以送一瓶给你。"

　　"把那边的零散小东西拿过来吧。老用人在下面等着，把他叫来搬下去。"

　　"爸爸，那狗儿怎么办？"阿弘问，"……请老仆人把狗也一起牵走吧？"

　　"这狗狗挺老实的，没关系，阿弘自己也能牵走的。"

　　"舅舅，它不咬人吗？"

　　"绝对不会。怎么待它都没关系。你在前面走，它马上追着讨好你。"

"叫什么名字？"

"林白……就是美国飞行员林白，挺帅的吧？"

"是舅舅您起的名字吗？"

"这条狗原来是洋人养的，名字是原先有的。"

"阿弘。"斯波要对热衷于谈论狗的儿子说，"你下去把老仆人带上来，光靠船上的服务员人手不够的。"

高夏看着阿弘将一只结实沉重的行李箱从床底下拖出去，望着他的背影说："这孩子看上去真够精神的。"

"这孩子嘛，倒是挺结实的。不过有点儿神经质。给你的信中没有表现出来吗？"

"没有什么特别的感觉呀。"

"当然现在还没有什么特别令人担心的地方，毕竟还是个孩子，信里也不会写什么东西……"

"只是近来比以前来信勤快些了，或许还是有点儿寂寞吧……唉，这就行了。"

高夏松了口气，在床边坐下，开始大口大口地吸着雪茄品烟味。

"那么，你对孩子还什么都没有说？……"

"嗯。"

"所以我总是说，这一点你和我的想法不同。"

"要是孩子问起来，我会如实回答他。"

"不过，当家长不说，孩子是不会开口问的吧。"

"所以就变成了谁也不说的结果。"

"这样可不好，真是的……不要到最后关头才突然告诉他，还是早一点透风，一点点地说清前因后果，反而能使他早有思想准备。"

"不过，他已经有所察觉了。我们夫妻俩也不讲话，但在孩子面前已经表现出他能够察觉的状况。所以，也许他思想上已经有了发生那种事的准备。"

"如果这样，那就更好说了。你不吭声，孩子就会胡思乱想，想想事情的最坏结果，所以就会变成神经质。——要是你对他说：阿弘，你是否担心以后见不着妈妈？这种担心并无必要。这样也许反而能使他安下心来。"

"我不是没有这样想过。只是一个当父亲的，不愿意自己的孩子受到打击，终于这样一天天地拖了下来……"

"他会受到的打击不会像你想象得那么可怕——孩子们其实是很坚强的。用大人的心态揣测孩子，会觉得他们可怜，可孩子自身今后会不断地成长，那么点接受打击的承受力还是有的。只要把事情给他说清楚，该看开的就看开，他们一定会理解的……"

"这些我都知道。你说的想法，我也都思考过。"

实话实说，斯波要对于这一次表弟从上海而来，半是期盼半是觉得麻烦。一想到自己的性格优柔寡断，不愉快的事情总是一天天地往下拖着，不逼到最后一刻不愿轻易开口，就觉得要是表弟早点回来，就会自然促使自己尽快了结此事。可是没有想到，一见面表弟就提出这个问题，好像放置在远处的问题一下子摆到了眼前，与其说是受到了他的激励，毋宁说更加胆怯恐惧，变得畏首畏尾了。

"那么，今天作何打算？直接去我家吗?"斯波要转问其他。

"怎么都行，在大阪有点儿事，不过并非今天办不可。"

"那就先安顿好再说。"

"美佐子在家吗?"

"这……我出门时她还在……"

"今天会在家里等着我吧?"

"说不定正因为你来她才故意出门呢。至少可以借口说，自己不在家对你们而言更方便。"

"嗯，好的——我会与美佐子好好聊一聊，不过，在那之前，有必要先了解你的想法。有道是夫妻离婚之事，再亲近的人也不该介入，可是，你们这对夫妻呀，靠自己已经无法处理好这件事了……"

"你吃过午饭了吗?"斯波要再次岔开话题。

"不，还没有。"

"在神户吃过饭后再走吧。孩子有了狗狗，他先回去吧。"

"舅舅，我去看过狗狗了。"说着，阿弘跑了回来。"真棒，跑得像鹿一样快。"

"是啊，它跑起来极快。可以说比火车还快，最好的运动锻炼就是把它拴在自行车后面，让它跟着跑，这可是赛马的狗。"

"不是赛马，是赛狗吧。舅舅。"

"哦，算我说错了。"

"不过，这狗狗得过犬温热病吗?"

"当然得过，这只狗都已有一岁七个月了。——可是你怎么把它带回去呢? 先坐火车到大阪，再换汽车?"

"不用那样，坐阪急线就行。用一块包袱巾把它的脑袋包住，就可以和人一起上车。"

"是嘛，还挺时髦哇。日本也有那样的电车吗？"

"你可别小瞧日本啊。怎么样，舅舅。"

"是这样啊。"

"舅舅的大阪话说得怪怪的，重音不对啊。"

"阿弘的大阪话说得那么好，真是没话可说了。在学校和家里分别讲不同的话。"

"要我说标准语我也能说，不过，在学校里大伙儿都讲大阪话的。"

"阿弘。"斯波要见说得来劲，便制止他，"你带着狗和老仆人先回家去吧，舅舅在神户还有点儿事……"

"那爸爸呢？"

"爸爸要陪着舅舅。舅舅说好久没吃神户的寿喜烧了，现在打算去三轮店。你早饭吃得晚，还不怎么饿吧？再说，爸爸和舅舅也有事要说……"

"啊，好吧。"

孩子似乎领悟了父亲的意思，抬起头忐忑不安地看着父亲的眼睛。

其五

"反正，你对阿弘君到底作何打算？还是对他明说的好，不过，要是你觉得不好说，我可以替你说。"

高夏不是急性子的人，却有麻利地处理事务的习惯。当他俩在三轮店堂里舒适地伸腿对坐，等待铁锅烧开时，他不愿浪费这个空当，开口说道。

"那可不好，还是我来说，这样比较正规。"

"那当然啦，只是老不见你有所动作。"

"行了，你别那么说。孩子的事就由我自己来定夺吧。不论怎么说，还是我对他的脾气最了解。——也许你并未察觉，今天他的态度就和平时大不相同。"

"怎么不一样？"

"平时他在人前不大讲大阪话，还挑剔别人说话的毛病。与你再亲密，也不会像今天这样人来疯。"

"我也觉得他精神得有点过头……这么说，他是故意这样欢闹的？"

"对，一定是的。"

"那是为什么呢？难道他觉得不那么做就对不起我吗？"

"或许多少有一点。其实，阿弘是怕你的，虽然喜欢，但又有点儿害怕。"

"为什么？"

"孩子无法知晓我们夫妻间关系紧张到何种程度，可你一来，他会觉得这就是形势急转的一种前兆。你不来的话，我们之间关系无法轻易解决，你就是为解决这个问题而来的。"

"有道理。这么说，他是不大欢迎我来咯？"

"可是，你送他那么多的礼物，他不会不高兴，他想见你，也喜欢你，却又害怕你来。在这一点上，我的心情也和阿弘一样。就拿刚才提到的该不该对孩子说的事来讲，你就可以看得出来，我不愿意告诉他，他也不愿意听。在阿弘眼里，你这个人不知道会说出什么话来，甚至会觉得，父亲说不出来的话，此刻就会从你的嘴里得到宣布。"

"是吗？他那样人来疯原来就是为了掩饰自己的害怕吗？"

"总而言之，我、美佐子和阿弘，我们的性格都很懦弱，三个人现在都处在同一状态之中……说句老实话，连我都在害怕你的到来。"

"那就先放一放再说，怎么样？"

"搁置下去也不是个办法。害怕是害怕，但总得设法把这件事做一了结。"

"这是不大好办……那个叫阿曾的男人有何说道？要是你们俩解决不了，让他主动出击，是否反而能早一点解决呢？"

"不过，那个男的也是半斤八两的德行，听说只要美佐子不做决定，他也就不声不响地不做任何表态。"

"他的立场看来也只能如此，要不，自己就成了破坏他人家庭的罪魁了。"

"这件事情，阿曾、美佐子和我本来就达成了一致的意向，说好了等大家都觉得合适的时机再办。"

"可什么时候才是合适的时机呢？如果谁也不采取坚决果敢的措施，那么，这个合适的时机恐怕永远不会到来。"

"不，不会的……比方说，今年三月的学校春假就是一个机会。我一想到孩子平时满心悲哀地躲在学校教室里潜然泪下的场景，心中就十分难受。所以，一等到放假，便立刻带着他去旅行，看电影什么的，试图排遣他的苦恼，从而渐渐地忘却那些不悦。"

"那为什么还没解决呢？"

"阿曾说，这个月不合适。他的哥哥下个月上旬出国，不想在兄长出行前引起纠纷。说是哥哥不在日本的时候，障碍会少些。"

"如此说来，今年的暑假不就是机会吗？"

"是啊，暑假假期的时间也比较长……"

"你这么说，实际上就是遥遥无期，到了夏天，说不定又有什么事情会冒出来……"

高夏的手臂骨骼粗大，却缺少肌肉，青筋直暴，或许因为喝酒过多的缘故，仿佛拿着沉重物品似的不停地颤抖。他把手伸到铁锅底下，将羽衣甘蓝一般层层重叠的雪茄烟灰弹进火炉底座的水盘中。

表弟大约每隔两三个月回来一次。每一次见面，斯波要总是必谈"何时离婚"的问题，可实际上，却还未对"是否分手"完全做出决断。而表弟认为他已经决心分手，现在只是在考虑最佳的时机而已。表弟并不强硬主张他"快分手吧"，因为认定离婚已是斯波要不可动摇的决心，只是就具体的手段问题在与自己磋商。斯波要也不是有口无心地愣充好汉，每次与表弟见面，感受到他男子汉式的果敢风格，自己也自然而然地产生出勇气，说话时的口气就像是下定了决心一般。不光如此，他每次迎来表弟时，总觉得他身上有一种可以主宰自己命运的愉悦感，说白了，就是斯波要身上缺少的付诸实施的意志力。斯波要只会一味沉溺在离婚后的想象之中，而这种空想只要见到表弟就会获得相当活跃的实际感受，从而使自己心情愉悦。然而，话虽这么说，他并不想把表弟当作想象的工具，一切顺利的话，他也想把想象逐渐诱导到现实的方面。

离别总是悲伤的，不管对方是谁，离别这一过程本身就带着悲哀。袖手旁观地等待离别的最佳时刻的到来，或许永远等不到。高夏的这句话言之有理。确实，高夏与前妻离婚的时候，不像斯波要这样优柔寡断。一旦下了决心，一天早晨，把妻子叫到自己的房中，详述了自己要分手的理由，一直谈到晚上。正式提出离婚之后，因为这最后的惜别，整整一个夜晚，他与妻子相拥而泣。事后他对斯波要说："老婆哭了，我也放声大哭。"这次离婚事件，斯波要之所以依靠他，主要因为高夏已有了这方面的经验。当时自己旁观他的做法，对他十分佩服。——的确，像高夏那样敢于直面悲剧，想哭的时候就尽情哭泣的性格，事情过后心情一定特爽。斯波要深深感受到，倘若没有那样的性格，或许就离不成婚。然而，他却是学不了的。东京人注重虚荣和面子的习性使他在这方面产生纠结，他觉得净琉璃演员道白时的态度十分丑陋，如果把自己置身于那种呲牙咧嘴嚎啕痛哭的小市民生活场景中，自己也会同样感到不齿的。他喜欢痛痛快快地分道扬镳，而不愿泪流满面地分离。妻子的心绪与自己的想法如出一辙，互相理解，平和分手。他认为这种做法并非不可能实现，这也是他与高夏想法的不同之处。他对于即将离异的妻子没有任何不良的感情，除了两人没有性生活的互爱之外，其他方面的兴趣、思想都比较和谐，对丈夫而言，妻子不是"女人"，妻子也不把丈夫当作"男人"，也就是说，原本不是夫妇的两个人成了一对夫妻，这种意识使他们感到难堪，倘若两人是朋友关系，说不定反而会相处得很好。所以，斯波要并不愿意一旦分手就断绝交往，他觉得，只要经过相应的年头，大家不再为过去的记忆所烦恼，自己可以与作为阿曾的妻子、阿弘的母亲的美佐子保持一种相当轻松的交往关系。即便到时对阿曾的体面和世间可畏的人言有所顾忌，至少两人在分手时都有相同的愿景，那么，离别时的悲痛则不知道可以减轻多少。"要是阿弘得了什么重病，请务必告诉我，到那时，你不能不让我去探望他，阿曾也会同意的。"对于美佐子这句话，斯波要的理解是：其中一定还包括了阿弘父亲生病的时候。他也希望，在美佐子生病时，自己同样能前往探视她。尽管他俩作为夫妻均不感到幸福，但毕竟在一起共同生活了十几年，还生育了一个孩子。总不见得一旦离异就视同路人，甚至万一有谁临终都无法见上一面吧。真是岂有此理！无论是斯波要还是美佐子，两人都希望在分手时怀着同样的心情：即使不久会重获配偶，诞下新的孩子，这样的心情也不知道究竟能维持多久，然而至少在眼下，这是使双方都感到愉快的最好的办法。

"说实话，提起来或许会被你笑话。今年三月想解决问题也不光是为了孩子。"

"嗯?"

斯波要的眼神落在铁锅上，唇边浮起不好意思的微笑。高夏注视着他。

"所谓选合适的时机，其实也包括季节的因素。也就是说，季节不同，人的悲伤程度也大不同。秋季是最不适合离婚的季节，悲伤程度最强。有的男人在即将分手之际，听到老婆哭着说'这天气这样一天天地寒冷下去'，立马停止离异。我想实际上真可能确有其人。"

"那男人是谁呀?"

"谁知道，我只是听说实有其事。"

"哈哈，看来你在各处听来不少这样的案例啊。"

"我在想，人面临这种情况时会怎么做。你不想听，它也会朝你耳朵里钻。不过，世上少有我们这样的例子，可供参考的情形不多。"

"那么，你的意思是，分手需要今天这样温暖的天气?"

"嗯，说得是。现在的天气说起来还有点儿冷，不过，会越来越暖和，接下来樱花就会开放，新绿的季节就会到来……我想，在这种状况下，悲伤的程度就会轻一点。"

"这就是你的见解吗?"

"美佐子的意见与我一致，她说：'离异还是在春天好哇'……"

"那可大事不妙，你必须等到来年春天了吧?"

"其实嘛，夏天也不错的……只是我母亲是夏天去世的，应该是七月吧。我还记得当时的情景，夏天的景致阳光灿烂，生机勃勃，一切都充满着活力，所见的一切都那么明媚。然而，那一年的夏天使我充满悲哀，看到茂盛的绿叶都觉得伤心无比，两眼噙满泪花……"

"你看看，所以说春天也一样的。心情悲哀之时，看到樱花开也会落泪的。"

"我也那么认为，可是那么一想，就更加会丧失时机，无法进行决断……"

"这样到最后，不是还是离不了吗？"

"你是这样感觉的？"

"最主要还是你自己作何打算。"

"我可不知道该怎么办，只知道非离不可的理由相当充分。以前就一直搞不下去，更何况现在又多了她与阿曾那层关系——说起来这还是我宽容、放纵的结果——我们不可能成为夫妻，事实上也已经不是夫妻了。面对这一事实，我和美佐子都尚未决断，是忍受一时的悲伤，还是忍受永久的痛苦？——虽说已经做出了决断，却缺少付诸实施的勇气，始终处在迷茫状态中。"

"你呀，我不知道是否能这样来考虑问题：既然已经不是夫妻，所谓的分手离异，换言之，其实就是是否住在同一个屋檐下的问题。——要是能这么想，你的心境就会宽松许多。"

"当然，我也是尽可能去那么想的，可心情却总是难以轻松。"

"要说孩子嘛，也是个问题。不过，从孩子的角度说，不至于因为父母分开住后，就不管母亲叫妈妈了吧？……"

"是呀，这种事社会上真是多的是。当外交官的出国赴任，到地方上去工作的行政长官，有不少人把孩子寄放在东京的亲戚家；还有在没有中学的乡村，孩子们都会离开家长身边外出求学，想到这些，一切都很平常……可是，想是这么想，还是放心不下孩子……"

"归根结底，还是你自身悲伤，可事实上未必有你想象的那样……"

"不过，悲伤的情感，最终大家都一样，反正那是一种主观性的东西……我们俩要不得的是互相恨不起来，否则，现在应该很轻松。可是，我们双方都觉得自己想的最合理，所以才形成了结局的尴尬。"

"要是对方不跟你商量，两个人径自私奔，那就最麻烦了。"

"听说之前阿曾就这样对美佐子说过，可是美佐子回答说：'这种事我可干不出来，要不你用麻醉剂之类的东西把我熏倒，在我昏迷中把我抬出去，否则不行。'说完还哈哈笑起来……"

"再不就故意找茬与她吵架试试。"

"那也不成。大家心里都明白那是在演戏，'你给我滚！''我这就走。'这样的嘴仗可以打打，一旦认真，肯定会一下子哭起来。"

"你们俩可真够麻烦的，连离个婚都那么讲究……"

"最好有那么一种能够起心理麻醉作用的药物……当年你与芳子离异的时候，打心眼里恨她吗？"

"既恨又可怜她。要说恨之入骨，恐怕只有男人之间才会。"

"不过，这么说可能有点儿奇怪，难道与风尘女子分手就那么难吗？她是个办事干脆利落的女人，以前与你和另外几个男人都有来往，独身以后，可以轻而易举地重操旧业啊……"

"可真走到离异这一步时，怕也没那么简单哟。"高夏的眉宇间掠过一丝阴翳，又立刻恢复了常态。"这个就如同季节一样，有的女人好离，有的则不然。"

"是吗？我总觉得娼妇型的女人好离，而贤妻良母型的女人难离，也许这是我的任意猜想？"

"正因为本人不在乎娼妇型的女人，所以她才显得更加可怜。如果分手后她能嫁到一个好去处，那固然不错。可是，要是觍着黄脸满不在乎地再回到花街柳巷去，那么连我也会抬不起头来。对这种事，我是比较超然的，要不然的话，想来贞妇也罢，淫妇也罢，没有一个女人是不可悲的！"

接下来两个人都缄默不语，埋头吃平底锅里的寿喜烧，两个人两瓶酒还未喝完，但是那浅浅的微醺已经使他俩面颊通红，沉浸在寒春的沉闷气氛中。

"我们吃点饭吧。"

"好吧。"

斯波要板着脸按响呼叫铃。

"我觉得呀……"高夏说，"近代女性全都渐渐向娼妇型转变，像美佐子那样的，恐怕也说不上是贤妻良母型女人吧。"

"她原来倒是贤妻良母型的，不过算是用娼妇型的化妆包裹着贤妻良母的灵魂。"

"也许是那样——那的确与化妆有关。近来女人的化妆多少受到美国电影女演员的影响，怎么也像妓女的样子。上海的女人也一样。"

"再说，我本人也难免有尽量使她成为娼妇型女人的倾向。"

"那是因为你是个女性崇拜者的德行吧。女性崇拜者多有喜好娼妇型女人胜于贤妻良母型女人的表现。"

"不，并不能那么说。怎么说呢？——问题又回到了原处。我让她成为娼妇型女人的目的是以为那样便于离异。没想到那是大错特错了，她要是真能彻底变回去倒好了，可是她完全是临阵敷衍，关键时候依然表现出贤妻良母的本性，还显得很不自然，令人讨嫌。"

"美佐子自己是怎么想的？"

"她说，自己的确是变坏了，失去了过去的纯粹。——她说得不错，可是，其中一半的责任在于我。"

斯波要回想起与妻子结婚后度过的岁月，没有发生什么大事，自己一门心思老想着怎么才能与她离婚，除了离婚，还是离婚。——冷不防这样想到，他仿佛历历在目地看到了自己冷酷的形象。斯波要心里明白，自己虽然不爱妻子，却也并不想让她蒙受侮辱。可是，对于女人而言，自己的作为难道不正是对她最大的侮辱吗？妻子有这么一个丈夫，她的孤独寂寞，不论是娼妇型还是贤妻良母型，也不论其性格是好胜还是内向，都是难以忍受的吧……

"要是她真是娼妇型的女人，我倒无话可说了。"

"怎么说呢？其实那也未必。她要是真像芳子那样，只怕你也吃不消的。"

"那么说可能不当。我还真无法接受做那种生意的女人，所以我并不喜欢艺伎类型的，比较喜爱时髦的智性娼妇型女性。"

"可是，这样的女人一旦成了老婆，继续为娼恐怕也不行吧？"

"要是智性女子，应该具有那种自控能力吧。"

"你所说的实在任性，如此称心如意的女人上哪儿去找？女性崇拜者最终全得打光棍，因为任何女人都没法使他满意。"

"事实上我也再不敢尝试婚姻，这一次离异后，暂时……或许是一辈子都不再续娶了。"

"嘴上这么说说，接着就再娶再离的女性崇拜者还是有的嘛。"

女服务员进来伺候，两人的会话就此中断。

其六

　　上午将近十点，美佐子在被窝里睁开眼睛，以十分舒畅的心情，听着孩子和小狗在院子里嬉闹的声音。"林白！""林白！""牡丹！""牡丹！"孩子不停地招呼着小狗的名字。牡丹是去年五月从神户的小狗宠物店买来的苏格兰原产雌性柯利长毛牧羊犬，当时正好花坛里牡丹花盛开，遂取名"牡丹"。今天，阿弘很快把舅舅送的礼物"灰猎犬"牵了出来，想让它与牡丹交上朋友。

　　"不行，不行！你那么着急地让它们要好可不行。由它们去，自然会熟悉的。"高夏这么说。

　　"舅舅，您不是说公狗母狗放在一起会打架的吗?"

　　"所以嘛，一只是昨天才来的，不能放在一起！"

　　"打起来，它们谁狠呀?"

　　"那倒是——正好它俩的个头差不多，所以不好说。要是有大小之分，小的不理大的，很快就会要好起来。"

　　期间两条狗轮流叫唤。美佐子昨晚回家很晚，她与旅途劳累、睡意蒙眬的高夏只聊了二三十分钟，并未看到他送给阿弘的礼物犬。听上去活像感冒了似的呼哧呼哧喘气的大概是牡丹吧。美佐子不像丈夫和儿子那么喜欢狗，不过，这一条牡丹总是在晚上十点后跟着老仆人去车站接她回家，她一出现在检票口，牡丹就一下子跳起来，晃荡着项链想要扑上去。美佐子总是"停"一声地呵斥它，掸去它粘在和服上的泥脚印。不过渐渐地，她不再像以前那么讨厌狗了，近来，高兴的时候，还会抚摸它一下，喂点儿牛奶。昨天下了电车，她摸着扑迎上来的牡丹脑袋说："牡丹呀，今天你有一位朋友来了。"不管怎么说，头一个兴高采烈地迎接自己回家的是牡丹，好似它成了丈夫这个家的代表。

　　防雨套窗正好关着，灿烂的阳光照射在门楣上，看来外面正是桃花刚刚绽放的风和日丽的好天气。今年的女儿节是否要用人偶来装饰一下？她第一次过女儿节的时候，喜欢人偶的父亲就特地在京都的丸平商店定做了一套古色古香的人偶送给自己，结婚的时候，这套人偶随同嫁妆一起搬进了斯波要的家。来到关西之后，按照当地的风俗，女儿节比东京晚一个月，在四月三日过。因为家中没有女孩，如今，她自己对这个节日并不怎么留恋，也不想墨守成规，只是现在的家与京都很近，一到女儿节，老父亲就会特地来京都看他惦记的人偶。前年和去年都来过，今年看来也忘不了的。可是，一想到自己必须从库房最里边取出那几个满是灰尘的盒子，就觉得实在太麻烦，又想到上次在弁天座看净琉璃时的窘迫场景，不由心头沉重起来。今年是不是有办法不要装饰人偶呢？是否要与丈夫商量一下？当自己离开这个家的时候，还要带上那些人偶吗？要是留下，丈夫是否会觉得困惑呢？……

　　之所以自己会突然间胡思乱想起这些事，是因为美佐子已经隐隐约约地感觉到，今年的女儿节恐怕已经要不在这个家里过了。不过，此刻，她在寝室里就能感觉到外面春暖花开的明媚阳光，她的头平放在枕头上，仰卧着注视门楣上明亮的阳光。好久没睡得这么香甜、这么解乏了，她尽量地舒展四肢，心情万分松快，难以舍弃这暖洋洋的被窝。旁边就是阿弘的被窝，再边上靠近壁龛的地方就是丈夫的床铺，但他俩早已人去铺空。只有丈夫枕边那只紫蓝色的古伊万里瓷瓶里插着绽放的山茶花。由于今天有高夏这个客人借住，所以丈夫不好意思晚起。而美佐子反而难得能舒舒服服地睡上一个懒觉。自打儿子出生以后，他们夫妇俩就分别睡在孩子的两旁，这个习惯延续至今未改。只要孩子一起床，他们两个人中必有一个要跟着起来。一般情况下，总是美佐子先起，好让丈夫多睡一阵。星期天的早晨，她本想多睡一会儿，可孩子不上学也七点钟就起床，所以她也必须起来。尤其是近两三年来，身体渐渐发胖，便想着减少一点睡眠时间来控制，睡眠不足不会感到多大的痛苦，却也因此自然失去了早晨睡懒觉的快感。不过，她也担心睡眠太少造成的问题，于是偶尔吃点安眠药想睡上一个午觉。结果脑子反而更加清晰，根本毫无睡意。丈夫每周一次去大阪的事务所，他为了照顾自己，每次会带上儿子一起去，每月会有二三次。总之，不管是否能够睡着，像今天这样一人独占寝室的状况，近来极其少有。

狗的叫声传来，阿弘依然在"林白""牡丹"地叫唤着。这种吵吵嚷嚷的声音，正是风和日丽的春天的特征，令人想起这几天连续晴朗天空的蔚蓝色。反正今天必须与高夏商谈，但是，她并不因此感到烦心，至少不会像如何处置人偶那么劳神。要是什么事都犯愁，那是没有底的，要像处置人偶那样去摆平所有的事情，任何时候，自己的心情都应该像今天的天气一样清和宁静。忽然间，她生出孩子般的好奇心，想看看林德是条什么样的狗。在此心情的驱使下，她终于打算起床了。

美佐子坐在榻榻米上打开一扇矮窗外的防雨套窗，用孩子般的大嗓门嚷道："早上好！"

"早上好！——你打算睡到几时啊？"

"现在几点啦？"

"十二点。"

"胡说，不会的，才刚到十点。"

"真叫人惊讶，这么好的天，还能睡到这时候。"

"嘿嘿，……睡懒觉也需要好天气啊。"

"这样睡首先是对客人不礼貌。"

"我不觉得他是客人，没关系的。"

"行啦，快洗脸后下来，还有给你的礼物呢！"

高夏抬头望着窗户，梅树枝遮挡了他的脸。

"那条狗呢？"

"嗯，这是现在上海最流行的品种。"

"棒极了，妈妈！大家说，这条狗应该由妈妈牵着走。"

"为什么？"

"灰猎犬是西方妇女的装饰犬，牵着它走会显得女人更美。"

"我也会显得更美吗？"

"那当然咯，我敢保证！"

"它长得那么苗条，我牵着它走，我不显得更加肥胖吗？"

"那么狗狗就会说：这位太太成了我的装饰。"

"你等着瞧！"

“哈哈哈哈……”

阿弘也和大伙儿一起大笑起来。

院子里栽有五六棵梅树，那还是以前这一带的农民家院子里就已种下的，最早的二月初就已经开花，整个三月间不停地轮流开放，现在基本上都已凋谢，只有两三朵花还残留枝头，泛着白光。两条狗分别拴在两棵树上，不让它们互相撕咬。林德和牡丹似乎都狂吠得筋疲力尽了，像狮身人面像那样，把肚皮贴在地上，怒目相视。几根交错的梅树枝遮挡了视线看不大清楚，丈夫好像在西式房间的阳台上，倚坐在藤椅上正在翻阅一本大型的外文书，面前的小桌子上放着红茶的茶碗。高夏穿着睡衣，外面披了件大岛绸的外褂，将针织棉的长筒裤的裤脚随意地拉到赤脚的脚跟，把一把椅子搬到了庭院里。

“把狗拴在树上别动，我这就下去看看。”

美佐子简单地洗了个澡，跑到了阳台上。

“怎么样？你们都吃过早饭了吗？”

“早吃过了！等候过你，也不见你有要起来的样子。”

丈夫的一只手端着茶碗，一边翻看着摊在膝盖上的书本一边啜饮着茶。

“太太，洗澡水烧好了。”高夏说，“在这个家里，太太总是那么简慢，还是女佣值得钦佩。一大早就为我们烧好了洗澡水。我已经泡过了，你不介意的话，请去洗吧。”

“我已经洗过了——没想到你先泡过了。”

“没想到你的动作还挺快。”

“不要紧吧，高夏？”

"什么不要紧？"

"在你后面泡澡，不会把中国的病传染给我吧？"

"别开玩笑！比我更值得担心的是斯波要吧。"

"我可是本地货，哪比得上你那么危险。"

"妈妈，妈妈！"阿弘在院子里嚷嚷，"快来看林德呀。"

"可以看看。不过，妈妈一大早就被你和狗狗吵醒，还有高夏也一早大声吵吵嚷嚷的。"

"我总是这么一个商人嘛。在上海的时候，也是五点就起床，上班之前，先策马从四川北路到江湾跑上一圈。"

"现在你还骑马吗？"

"嗯。不管天多么寒冷，不骑马跑上一圈，心里就不舒服。"

斯波要不想离开阳光沐浴的阳台，对走向梅树方向的两人说："还是把林德牵到这儿来吧。"

"阿弘，爸爸让你把林德牵过去。"

"林白！"阿弘叫喊。

茂密的梅树枝发出沙沙的响声，牡丹冷不防吭哧吭哧发出嘶哑的声音站了起来。

"嗨，牡丹，老实点！……舅舅，舅舅！这牡丹老是捣乱，您来牵一下好吗？"

"真烦人，牡丹！呀，还跳着扑过来……讨厌！"

美佐子看到牡丹伸出舌头要舔她的脸，赶紧穿上院子里的木屐，慌慌张张地跑到阳台上。

"就你多事，真烦！……根本不用把牡丹牵来的。"斯波要责怪孩子。

"可那是妈妈在那里大声嚷嚷啊，我也没办法。"

林德站在台阶下，高夏蹲在它身旁，不停地用手掌抚摸它的脖颈，"狗这玩意儿，其实嫉妒心特强。"

"你在干啥呀？它身上有虱子吗？"

"没有的。你摸摸这儿看，妙不可言。"

"妙什么呀？"

"你这样摸它的喉咙口的感觉，与摸人这个部位的感觉完全一样。"

高夏摸摸自己的喉咙，又摸摸狗的脖子："美佐子，你来摸摸看，不骗你。"

"我来摸一下。"阿弘蹲下来抚摸，"唉，是真的……妈妈，那我再摸一下你的喉咙……"

"阿弘，你说什么呀！有你这样把妈妈和狗相提并论的人吗？"

"什么有不有的。阿弘呀，你妈妈皮肤恐怕还没有那么光滑呢。像这条狗那样还真了不起呢！"

"好吧，高夏，你来摸摸我的喉咙吧。"

"算了算了，你还是来摸摸这条狗吧……怎么样？感觉如何？不可思议吧？"

"嗯，一点不假，真是不可思议……你要来摸一下吗？"

"让我来瞧瞧。"斯波要说着，也从阳台上走了下来。"的确，煞是奇妙。和人的一模一样。真怪！"

"怎么样，新发现吧？"

"毛很短，像缎子一样，几乎是没有毛的感觉。"

"而且，脖子的粗细和人的也差不多。和我的相比，哪个粗一点?"美佐子用两只手比成一个圆圈,先后测了一下自己和狗的颈项。"还是比我的粗一些。它的脖子颀长,所以看上去显得细。"

"与我的一样。"高夏说,"按照脖子衣领算,应该是十四英寸半。"

"这么说,想见高夏时,只要摸一下林白的喉咙就行了。"

"舅舅,舅舅!"阿弘又一次蹲在林白身旁,故意这么叫喊。

"哈哈哈,阿弘,你不叫它'林白',管它叫'舅舅'了吗?"

"是呀,爸爸……舅舅,舅舅!"

"高夏,这条狗放在我家,还不如牵到外面去,说不定有人会喜欢它。"

"这还不明白吗?我是知道的,一定有人会整天抚摸它的喉咙逗它玩的。"

"喂,喂,你没有搞错吧?把它领到我家来。"

"你们俩也太不像话了,在小孩子面前谈论这些。难怪阿弘变得盛气凌人起来。"

"哦,对了。爸爸,昨天我牵着狗从神户回来,有人看见它,说了句奇妙的话。"阿弘改了话题。

"噢,说什么啦?"

"我和老仆人在海边路上行走时,一个醉酒者稀奇地跟过来说:'这条狗真是怪异,活像一条海鳗呀!'"

"哈哈哈哈……"

"哈哈哈哈……"

"真是想得出来的,海鳗!——的确有海鳗的感觉。林白呀,有人说你是海鳗。"

"有了海鳗，你的'舅舅'就得救了。"斯波要轻声回应。

"不过，牡丹和林白相似之处就是脸长。"

"牧羊犬和灰猎犬的脸部和体型均相似，只是牧羊犬是长的散毛，灰猎犬是短毛。这是我要对缺少狗的常识者所做的说明。"

"那么喉咙呢？"

"喉咙咱们就不谈了，并非令人愉快的发现。"

"两条狗这样并排站在石阶下，就像三越①一样啊。"

"妈妈，三越也有这样的狗吗？"

"你呀，真叫人没办法。地道的东京人居然不了解三越，大阪话倒说得那么溜。"

"可是舅舅，在东京那时候我才六岁呀。"

"嗨，已经过了那么久啦？时间过得真快，那以后就再没去过东京？"

"是的，我很想去。不过，爸爸老是一个人去，把我和妈妈撂在家里。"

"想不想和舅舅一起去？正好学校也放假……带你去看三越。"

"什么时间？"

"明天或者后天吧。"

"怎么决定呢？"一直兴奋不已的孩子的脸上，露出一丝阴影。

"阿弘，想去就去呗。"

"去是想去的，可是，作业还没做呢！……"

---

① 三越原是江户时代大和服衣料商越后店发展成的百货商店，1914 年在东京日本桥建成的文艺复兴式的白瓦屋顶的五层楼新馆大门口，装饰有青铜狮子。

"所以我不是对你说过，让你快点做完作业吗？花一天时间做得完吧？今天快快做完，明天请舅舅带你去。就这么办。"

"没事儿。作业在火车上也能做，舅舅帮你。"

"舅舅，到东京待几天呀？"

"到你们学校开学前回来。"

"住哪儿？"

"帝国饭店。"

"不过，舅舅不是有许多事情要办吗？"

"瞧这孩子，真拎不清。舅舅特地带你去东京，怎么话那么多。高夏，拜托你带他去吧。他两三天不在家，我也可以清静些。"美佐子说。

阿弘看着妈妈的眼睛，略微苍白的脸上露出了冷冷的微笑。带他去东京的想法，完全是高夏偶然间萌生的想法，可是，阿弘并不这样认为，觉得那准是事先商定的一个预谋。要是真的是为了让自己开心，他当然会想去的。然而，在东京回大阪的火车上，舅舅也许会对自己说些什么的。"弘君啊，今天你回到家里，妈妈已经不在家中了。是你爸爸让我把事情的原委告诉你……"阿弘猜测会发生以上的场景。他有着这样的担忧——这当然是一个孩子的幼稚的想象，因为大人的心思无法揣摩，所以在磨磨蹭蹭地举棋不定。

"舅舅有非要去东京的事吗？"

"为什么这么问？"

"要是没事的话，您最好一直住在我家，这样大家都觉得有趣，包括爸爸和妈妈。"

"家里不是还有林德吗？爸爸和妈妈每天都能摸摸它的喉咙。"

"林德又不会说话，根本不行！是吧？林德，林德！你无法替代舅舅吧？"

阿弘为了掩饰自己的腼腆，又蹲到林德的身旁，用手抚摸它的颈项，同时把脸贴在它的肚子上磨蹭。阿弘的语调有点儿异常，大人们觉得他好像在哭泣。

不论这个家庭面临着多么紧迫的变故，只要有高夏在场，大家的心情就很平和，能够轻松地开开玩笑。当然，这一方面是高夏诱导的结果，另一方面也是他了解所有的内情，夫妇俩不必在他跟前演戏，大家的心情都比较放松的缘故。美佐子已经有数月没听见丈夫如此放声大笑了，他们坐在朝南阳台的椅子上，沐浴着阳光，注视着孩子和狗欢快地玩耍，一派平和的氛围。丈夫说话，妻子应答，迎接着远道而来的客人，这番安然与恬静由于完全排除了装模作样、自欺欺人的表演，反倒自然地显示出他们夫妇间尚存的几分情感。即便这样的状况不可能永远持续下去，他俩也愿意在这样的氛围中稍事休息，享受松上一口气的平静心境。

"有意思吗，这本书？你读得那么起劲。"

"很有意思哟。"

斯波要将一时伏在桌上的书竖在自己跟前，不让别人看。因为打开的那一页上是一幅铜版插图，画着一群裸体女人在闺阁里嬉戏。

"为了把这套书弄到手，我与凯利·沃尔修书店交涉，不知跑了多少趟。总算听到他们说从英国来的书寄到了。对方像是看准了我非买不可的弱点，开价二百美金，少一分钱都不卖。还说目前伦敦市面上没有第二部，绝不可能给你让价。我对于书的行情一无所知，觉得他们说的也是。经过一番猛烈的讨价还价，对方勉强降价一成，但是被要求必须当场用现金支付。"

"哟，这么贵的书呀!"

"不过，那不是一本，是一套十七本。"

"这十七本书你全部给我带来，真是太辛苦了。这种猥亵故事的书，还带有插图，被海关发现，会很麻烦的。可以把它们放在皮箱里带进来，不过，实在太重，运进来相当够呛，不知道费了多大的劲儿。这种活计，不多收点跑腿费可真是划不来呀!"

"爸爸，大人看的《一千零一夜》和小孩子看的完全不同吗?"

高夏的一番话引起了阿弘朦胧的好奇心，打刚才起，他就一直偷偷地瞟着父亲手中书上的插图。

"有的不同，有的一样——《一千零一夜》原本是给大人看的，后来从中选出孩子可以看的故事编成书，就是你们现在看的。"

"你的书里有'阿里巴巴'的故事吗?"

"有哇。"

"有《阿拉丁和神奇神灯》吗?"

"有!"

"有《芝麻开门》吗?"

"有的，你所知道的故事全有。"

"读英文书不难吗? 爸爸要花几天才能读完啊?"

"爸爸也不是全部都看，挑些有趣的地方读。"

"不过你能读就很了不起。我学的英语早就忘光了。除了做买卖，英语没有用处。"

"你呀，这本书很奇妙，谁都想看的。哪怕是用词典边查边看……"

"反正像你这样的闲人才能这样做，我这样的穷鬼可没有那工
夫。"高夏说。

"不是说你成了暴发户吗?"美佐子说。

"可是，刚觉得赚了一点，马上又赔掉了。"

"怎么回事呀?"

"美元汇率变了。"

"对了对了，一百八十美元合多少日元? 赶紧给你，免得
忘了。"

"算了吧，那是送你的礼物。"

"别胡说了。哪有那么贵重的礼物? 再说这原本就是我托你代
买的。"

"那么，你给我的礼物呢，高夏?"美佐子问。

"哦，我全忘了。你到我那儿看一下，挑好的送你。"

两个人一起到西式楼房二楼高夏住的房间里。

其七

"哎呀，这么臭!"

一进屋，美佐子就使劲用和服衣袖扇动室内的空气，随后以衣袖掩住脸部，急急忙忙地打开所有的窗户。

"好臭啊，真是的。高夏呀，你现在还吸那玩意儿?"

"是的，还在抽。不过，一直吸这样上等的雪茄烟。"

"雪茄烟的味道与其他味道混合在一起，更形成一种怪味。真是的，满屋子臭烘烘的，这是什么味儿呀? 你搞出这种臭味，那就别穿我家的睡衣了!"

"洗一下就没味了。再说已经穿上了，脱下来还不是一个样?"

刚才在院子里并没有感觉，现在一进房间，房门密闭了整整一夜的雪茄烟和大蒜的浑浊气味扑鼻而来。高夏的一贯见解是："既然待在中国，就必须像中国人那样猛吃大蒜。只要吃了大蒜，就不会得那些地方病。"他在上海的厨房里，每天必有用大蒜做的菜，还说"中国人每天做菜必用大蒜，没有大蒜味的中国菜就不成其为中国菜了"。回到日本以后，他总是随身带着风干的蒜头，还不时用小刀削成片用糯米纸包起来当药吃。他说，这么做不仅对肠胃有好处，而且能使人精力充沛，不能中止。可是，波斯要却在一边调侃他："高夏的老婆之所以逃离，就因为受不了这股浓烈的大蒜味儿吧。"

"求你了，到对面去，离我远点。"

"你要嫌臭，就捏紧鼻子!"

说着，高夏一边噗噗地吐出雪茄烟的烟雾，一边把那只差不多该卖给收破烂的严重磨损的行李箱放在床上将其打开。

"哇，买了这么多料子啊! 活像绸缎店的大掌柜嘛……"

"是啊，这一次要去东京……有你中意的吗? 不过，反正也总要被你抱怨的。"

"能给我几块?"

"两三块吧……怎么样，这料子?"

"太素淡了点。"

"这还嫌素啊? ……也不想想你自己多少岁数了，按照老九章绸缎铺大掌柜的说法，这料子适合二十二三岁的大姑娘和年轻妇人穿呢。"

"那个中国掌柜的话可不靠谱。"

"虽然是中国掌柜的话，可是日本顾客也常去购买，他们十分了解日本人的喜好。我店里的那些伙计们常跑去与掌柜的商量。"

"可我就不乐意——首先，这可不是绸缎呀。"

"真是够贪的——毛料的给三块，缎子的只能给两块!"

"那我要缎子的，还是拿缎子的合算——这一块如何?"

"是那一块吗?"

"那一块? ……你什么意思?"

"这一块是打算送给住在麻布的小妹妹的。"

"哎呀，真叫人吃惊。那铃子也太可怜了。"

"吃惊的人是我！用这么花哨的料子做腰带，简直是个色情狂！"

"嘿嘿，反正我就是一个色情狂啰。"

高夏意识到说过头时已经来不及了。美佐子为了掩饰场面的尴尬，故意厚着脸皮嬉笑。

"嗨，失言失言！刚才是我的过失，予以取消，请别记在小本本上。"

"那可不行，现在已经无法取消了。早就给你记下了！"

"本人绝无恶意，然而这不仅无端伤害了淑女的名誉，还莽撞地破坏了谈话的氛围，谨向你赔罪。"

"嘿嘿，我也不是什么淑女……"

"那么我可以不必取消我的话啰？"

"行啊，反正我的名誉总会受损……"

"也不见得吧，你现在不是千方百计地不让名誉受损吗？"

"斯波要是那样，我尽管那么说，恐怕还是做不到的。——昨天你们都谈了些什么？"

"是啊。"

"斯波要怎么说？"

"还是老样子，不得要领……"

中间隔着装有散乱摆放的艳丽的腰带料子的皮箱，他俩分别坐在床铺的两头。

"你的意见如何？"

"我的意见，这……可不是一句话说得清的。"

"一句话说不清，你可以说上两三句嘛。"

"高夏，你今天有时间吗?"

"今天一整天都空出来了，为了这昨天下午赶着把大阪的事都办完了。"

"今天斯波要干啥?"

"他说下午想带阿弘去宝冢①。"

"你让阿弘好好做作业吧。然后带他去东京，行吗?"

"带他去没有问题，但是刚才他的表情有点儿怪，好像是哭了。"

"是的，阿弘就是这个样子。——我也说不上自己是怎么一种心境，总想让孩子离开自己身边一阵，哪怕两三天也行。"

"这样也许成，你也可以在这段时间与斯波君好好谈谈。"

"他的想法，最好还是由你去跟他谈。我俩坐下来面对面的时候，总是无法畅所欲言，一般聊聊还可以，一深谈下去，就会光流眼泪。"

"你去阿曾君那边，没有问题吧?"

"我有把握，归根结底取决于我俩的决心。"

"对方的父母兄弟还蒙在鼓里吗?"

"好像多少有所察觉。"

"你们到什么程度了?"

"这个嘛，到了在斯波要默许的前提下时常见面的程度。"

---

① 宝冢位于兵库县东南部，以温泉和歌剧团闻名。

"也就是装作没看见？"

"是吧。也只能这样说，别无他法。"

"要是问题变得超越了目前的程度呢？"

"那也，唉……只要这边能顺利地分手，大概就不会有什么障碍。妈妈说，理解我的心情……"

这时，两条狗在院子里又"汪汪"地狂吠起来，开始咬斗。

"哎呀，又来了！"

美佐子咋了咋舌，把放在膝盖上摆弄的腰带料子随手一扔，站起身走向窗边。

"阿弘，把狗牵到那边去！吵死人了。"

"好的，正要牵走它们呢。"

"你爸爸呢？"

"爸爸在阳台上……还在看《一千零一夜》呢。"

"你别再玩了，快去做作业！"

"舅舅还不下来吗？"

"你别等舅舅，自己做嘛。老是'舅舅、舅舅'的，你倒是把他当作了你的朋友似的。"

"可是，他说过要帮我做作业的嘛……"

"不行，不行！做作业是为了什么？必须要自己做才行！"

"那——好——吧。"

阿弘与狗一起离去的声音传来。

"阿弘好像害怕妈妈呀。"

"是的。斯波要什么也不说……可是，一旦离婚，是不是母亲比父亲对孩子更加不舍？"

"那是因为母亲净身出户，仅此一点就更值得同情吧。"

"高夏，你这么认为吗？——我倒觉得大家的同情都集中在他的身上。从形式上看，是我抛弃了他，社会上会说我是个坏女人，这样的风闻传到孩子耳中，或许也会恨我的吧。"

"不过，孩子长大以后，自己会做出正确的判断的。孩子的记忆力非常牢靠，成人以后，他会把孩提时代的经历再次回忆起来重新思考，这是这么回事，那是那么回事，用当时的智慧来进行解释。所以，对孩子是不能掉以轻心的，他总是会长大成人的。"

美佐子不作回答，依旧站在窗边，茫然地看着户外。一只小鸟在梅树树枝间蹦蹦跳跳，那是黄莺，还是鹎鸰？她的目光追逐着小鸟。梅树的对面是一片菜地，老仆人打开木框温床的玻璃盖，正往地里移栽着什么菜苗。从二楼望不见大海，她凝视着晴空下大海的方向，不由得长出一口沉闷的叹息。

"今天你可以不用去须磨吗？"

"嗯。"她没有回头，苦笑着回答。

"近来你不是每天都去吗？"

"是的。"

"要是想见他，你就去吧。"

"我，真的像那种老于世故的女人吗？"

"你是愿意让我说像，还是不像？"

"愿意听你的真话。"

"你还是有些娼妇的特点，或者正在渐渐成为娼妇型的女人。昨天，我们在这一点上意见是一致的。"

"我自己也承认这一点……不过，今天我可以不去。我对他说高夏来了……首先，把客人撂在一旁，就对不起这些礼物。"

"亏你说得出来。昨天一整天也没见你在家啊。"

"昨天嘛，我想波斯要有话要对你说。"

"这么说，今天是夫人的谈话日咯？"

"那么，你能到那头的日式房间里去吗？我的肚子饿了，你不吃，也请过去参观一下。"

"腰带料子你决定要哪一块？"

"还没决定呢，回头再好好看看。把你带来的东西摊开来让我看呀……你们都吃过了，我可饿得饥肠辘辘啊……"

下了楼梯顺便对楼下的西式房间瞅了一眼，见斯波要已经从阳台上回到屋里，正仰面躺在沙发上，继续专心致志地阅读那本《一千零一夜》，他听到走廊上传来去日式房间的脚步声，有心无意地问道：

"怎么样，有看上眼的吗？"

"不行啊。只听见高夏嚷嚷'礼物、礼物'的，其实真是个小气鬼。"

"我还小气吗？你才是贪得无厌啊。"

"不是你说毛料拿三块，缎子两块吗……"

"若你不乐意，我也没说一定要送你啊。我还巴不得不送呢。"

"呵呵。"斯波要心不在焉地发出附和讨好的笑声，传来静静的翻书声。

"眼下看来他已经入迷了。"高夏一面拐过走廊一面说。

"什么都是靠好奇心，持续不了多久，就像小孩子摆弄玩具一样。"

美佐子走进八铺席大的餐室，请来客高夏坐在丈夫平时用的坐垫上，自己坐在紫檀木的矮脚餐桌边，朝厨房吩咐道："小夜，给我拿点吐司来！"然后，她打开身后的桑木茶具柜子问：

"你要红茶，还是日本茶？"

"什么都行。有什么好吃的点心吗？"

"西式点心，这儿有树蛋糕卷。"

"可以呀。光看着别人吃，没意思。"

"到这儿来空气好多了，不过，还是有点儿臭。"

"说不定我那气味也传给你了。怎么说呢，明天你还是出去走走吧？"

"也许对方会说，你就陪陪高夏吧，不必来啦！"

"不过，要是两人真心相爱，一点大蒜味儿根本不在话下，否则就说明一切都是假的。"

"承蒙你的款待。你还会请客些什么呀？"

"你这样捷足先登我可受不了，就请你用吐司吧。"

"有没有人喜欢这种气味的？"

"当然有啦……芳子就算一个。"

"是吗，不是说她因为嫌臭，才弃你而去的吗？"

"那是斯波要在胡说八道。据说她现在一闻到大蒜味儿就会想起我。"

"那你就不想她？"

"也不是不想。不过，那种女人，玩玩不错，娶做老婆不行。"

"是娼妇型的吗？"

"嗯。"

"那就与我相同啰。"

"他说你不是真正的娼妇，表面上看像个娼妇，内心还是个贤妻良母。"

"是吗?"

美佐子一副用心吃饭的样子，不知她是否在假装糊涂。她正在现场制作三明治，把两条竖切的腌黄瓜切成细条状，加上香肠，用两片烤面包夹起来，然后熟练地送进嘴里。

"味道不错吧?"

"嗯，味道好极了。"

"这个小玩意儿是什么?"

"这个吗? 这是鹅肝香肠。是神户的德国人开的点心店制作的。"

"没有给客人上过这种美味嘛。"

"那当然，这是我每天早餐的固定小菜哟。"

"给我一块尝尝，点心不必了，就想吃它。"

"你这要不得的馋劲。来，张开嘴巴……"

"啊……"

"哟，好臭! 别碰到我的叉子，小心一点咬下面包……怎么样?"

"好吃。"

"不能再给了，我的份没有了。"

"其实应该让我自己拿叉子，你亲自把东西送进人家嘴里，那就是娼妇的举止。"

"你要有意见，就不要吃人家的东西!"

"从前可没有人如此不成体统……人人举止文雅，个个谨慎谦恭……"

"是的，是的，对极了！"

"你说自己本性不是娼妇型的，难道是出于一种虚荣心?"

"虚荣心?"

"是啊。"

"我，可不知道……"

"斯波要说，把你培养成娼妇型的是他，所以他也有责任。不过，我觉得也不尽然……"

"我不想让他承担这个责任，觉得这还是自己天生的气质使然。"

"这么说来，不论怎么贤妻良母型的女人都无法完全排除娼妇型的素质。不过，从你身上看，主要来源于日常婚后生活的倦怠。也就是说，不愿意让人觉得你是个寂寞的女人，所以才努力表现自己的艳美，造成眼下的结果。"

"这就是你说的虚荣心?"

"也是虚荣心的一种吧。不愿意让别人知道丈夫并不爱自己……或许，我不该这么说……"

"不，毫无关系。不用客气，尽管说。"

"你为了掩饰自身的懦弱，竭力逞强表现自己美好的一面，却又时常会表露出内心真正的寂寞。局外人看不出来，可斯波要是心如明镜似的。"

"只要他在家里，我就会莫名其妙地显得不自然。你不觉得斯波要在与不在时，我的态度有些微妙的差别吧?"

"他不在的时候，你显得比较放肆。"

"连高夏你都那么感觉，所以他一定很讨厌我吧。我在他面前总觉得十分拘谨，真是万般无奈啊。"

"你在阿曾君面前理所当然地会表现出娼妇型的一面吧?"

"我想是吧，肯定。"

"一旦成了夫妻，说不定又不会那样了。"

"要是与阿曾结了婚，我想就不会的。"

"可是，人就是那么奇怪，总觉得别人的老婆看上去好，现在你们有着一种游戏的心情。"

"难道结婚后就不会有游戏的心情了吗?"

"要是还有的话，那固然好……"

"我打算那么做。——对于结婚这种事，不能考虑得太过认真，你说呢?"

"你的意思是，过腻了再分手?"

"是那么个道理，从理论上说。"

"不谈理论，要是你自己呢?"

美佐子手上的叉子正插进一块黄瓜，突然在盘子上停住了。

"……你觉得会再有过腻的时候吗?"

"我不打算再过腻。"

"那阿曾君呢?"

"我觉得他不会腻，不过，他说无法向我承诺'不腻'。"

"那你还能接受?"

"我能够理解他的心情。能得到他的承诺固然不错，不过，对方认为自己是初次恋爱，即便现在的心情是永不变心，但实际上将来会如何，自己并不知道日后的变化。向对方承诺自己并不知道的事情没有意义，他也不喜欢撒谎骗人。"

"可是，话也不能那么说。不考虑将来会发生什么变化，只是一心一意地承诺'永远不腻'，如果没有这样的决心……"

"不知道那是不是性格使然。再认真的人，要是不想解剖自己，也不会说出他那样的话来吧。"

"要是我的话，即使结果是撒谎骗人的，当场一定会正经承诺的。"

"阿曾还说，要是勉强做出承诺，心里老念着'可别腻了''可别腻了呀'地形成压力，自己的性格一定会导致那种放心不下的结果，那是他所害怕的。所以双方都不要承诺，以现在这样子结合在一起最为理想，大家都不要束缚自己的心情，那样才能长久持续下去……"

"也许是那样，不过，总有点儿……"

"有点什么？"

"过度的游戏心情。"

"我了解他的性格，他那么说，我反而放心。"

"你把这话对斯波君说过吗？"

"没说过。迄今为止一直没有机会，说也没用的……"

"可这就是你的莽撞了。将来自己的生活都得不到保障就贸贸然地离婚……"

高夏这么说道，他抑制着自然激动起来的话音，发现美佐子的双手放在膝盖上，静静地眨着双眼。

"……我以为你不该这样做……这么说或许失礼，既然你要舍弃丈夫离去，就应该更加认真地思考。"

　　"我也没有不认真……不管怎么说，还是分手的好。"

　　"所以离异之前还是再好好想想。"

　　"再怎么想也是一回事。既然已经不是夫妇，我再待在这儿，心情也不舒服……"

　　美佐子挺起肩膀，低垂着脑袋，强忍着将要夺眶而出的泪水，一滴亮晶晶的泪珠还是滴落在她的膝盖上。

其八

　　斯波要打先前起一直在这部有猥亵场面描写的书籍中挑选淫荡的部分阅读，拿在手上的这一卷收有第一夜至三十四夜的故事，厚达三百六十页的菊版①开本，所以寻找起来很费时间。光凭插图挑选，找到的多半是平淡无奇的故事。从《犹南国王与杜邦圣者的故事》《三只苹果的故事》《经纪人那扎莱的故事》《居住黑岛的年轻王子的故事》②等一个个标题挑着看下去，实在找不到哪一个最能满足自己的好奇心。据说原本这部阿拉伯民间故事集并没有欧洲语言的全译本，是理查德·伯顿③首先逐字将它译成了英语，由伯顿俱乐部会员组织限定印数出版，几乎每一页上都有详尽的注释。斯波要挑着看了看注释，对那些语言学上的研究注释丝毫不感兴趣，当然，其中也有一些有关阿拉伯风俗习惯的解说以及故事内容相关的记载。譬如有的注释写道："变成大洞的肚脐眼不光美丽，而且还是显示幼儿健康成长的表现"，还有注释这样说："阿拉伯人以两颗门牙——但是只限于上门牙——之间有一丝缝隙为美。虽不知何故，恐怕是这个种族对于变化的一种特有的爱情吧。"

　　"国王的专门理发师成为高官并不稀奇，这是因为最高统治者

77

的生命掌控在他的指间。据说，过去有一位英国淑女嫁给了印度贵族‘费加罗’的男仆兼理发师，然而，当她明白了丈夫的官职为何物时，大失所望，极其败兴。"

"在东方的伊斯兰教国家里，无论是既婚者还是未婚者，均禁止年轻妇女独自当街行走，警察有权拘捕违禁者，这是防止私通的有效手段。在克里米亚战争④时，数百名英吉利、法兰西、意大利联军军官驻扎在君士坦丁堡，他们中不少人洋洋得意地吹嘘说自己搞到了土耳其女人，不过我（伯顿）相信，其实这里面一个土耳其女人都没有。被他们征服的全是希腊人、瓦拉几亚⑤人、亚美尼亚人，再不就是犹太人。"

"在这部用美妙语言讲述的美丽的故事中，这个地方是唯一的污点。因莱恩⑥的误译遭到排斥也是理所当然的。"

斯波要不禁为之一震，觉得自己终于找到了需要的地方，于是急忙往下读。

"……由于莱恩将这儿译出……这是理所当然的。不过，此处有关猥亵的描写，与我们古代戏剧舞台上的剧本（例如莎士比亚的《亨利五世》）相比，并无多少差别。何况这还是在夜间讲述的故

---

① 菊版指日本菊判类型的书籍，高 22 厘米，宽 15 厘米。
② 此处列举的分别是《一千零一夜》中的第四夜、第二十夜、第二十五夜和第七夜的故事。
③ 理查德·伯顿（Sir Richard Burton，1821—1890），英国军人、外交官、旅行家。精通三至五国语言，去当时欧洲人不了解的伊斯兰教和非洲地区探险，1885 年起花三年时间完成《一千零一夜》的翻译与详释。
④ 克里米亚战争指 1853—1856 年由俄国与奥斯曼土耳其、英国、法国、意大利联军在克里米亚半岛进行的战争。
⑤ 瓦拉几亚人是生活在罗马尼亚东南部地区公国的居民。
⑥ 莱恩（Edward William Lane，1801—1876）是编撰阿拉伯语词典的东洋学者，他只翻译了《一千零一夜》的一半，并且随意地修改了书中的色情部分。

事，并不是那种男女同席朗诵和背诵的东西。"

斯波要赶紧阅读这条注释写到的《巴格达三个贵妇人和脚夫的故事》，才看了五六行，就听到餐厅那头传来了脚步声。

高夏走进房间，说："你能不能把《一千零一夜》先放一下？"

"怎么啦？"

斯波要并没有从沙发上起身，而是恋恋不舍地把打开的书倒扣在膝盖上。

"我听到了一个意外的情况。"

"意外的情况？"

高夏默默地在桌边来来回回地踱步，雪茄烟的烟雾在他身后雾霭似的拖曳着一缕条纹。

"美佐子的将来得不到任何保障啊！"

"将来的保障？……"

"你真是无忧无虑啊，美佐子也是太满不在乎……"

"你到底在说什么呀？没头没脑的，我怎么搞得明白？……"

"美佐子根本没有得到阿曾一辈子的爱情承诺。阿曾还说恋爱总有腻烦的时候，所以无法对将来做出保证。美佐子居然说同意他的想法。"

"哼哼……他那模样说这种话也不足为怪……"斯波要终于断然地放下了《一千零一夜》，从沙发上站起身来。

"不过……这话不是我直接听说的，难以置评……男人说这种话是没法让人愉快的，看来还真不是什么好东西。"

"可是，有道是男人不坏女人不爱呀！他没有撒谎，这难道不是一种诚实的表现吗？"

"我讨厌这样的诚实，这哪是什么诚实！是玩世不恭！"

"这是你的性格。然而，不论两个人如何相爱，总会有腻烦的一天，不可能有永恒不变的爱情，所以阿曾说无法承诺也有他的道理的。我觉得他也许就是那么一个人。"

"那么，腻烦了就再分手吗？"

"腻烦和分手怕是两回事。当大家都感到腻烦时，我想又会自然滋生出不带爱情的夫妇间的情爱，一般的夫妇都是靠这个来维系关系的。"

"阿曾要是一位人品优秀的人，那倒也罢了。若是一句'已经过腻了'，然后一脚踢开，那可咋办？这方面没有保证，会叫人心里不安哪。"

"他还不至于那么坏吧……"

"阿曾这个人，他们恋爱前你没有委托秘密侦探调查过吗？"

"没有委托过秘密侦探。"

"那是否用其他方法调查过？"

"没有特意去调查过……我不喜欢那么做，也觉得麻烦……"

"真拿你这人没话说。"高夏发泄似的说，"你说他为人可靠，我理所当然地认为你经过一番调查。其实，你这样不是不负责任吗？如果他是一个色鬼，瞒骗作弄了美佐子，那可怎么办？"

"叫你这么一说，我倒也有点不放心了……见面的时候，也曾觉得有点儿靠不住，不过，与其说是我相信阿曾，莫若说是我相信美佐子。她又不是小孩子，好人坏人总分得清吧。只要美佐子觉得他靠谱，我也就放心了。"

"她的感觉可不那么靠得住！女人往往看似聪明，其实傻得很。”

“你可别那么说。我这个人嘛，凡事尽量不朝坏处想。”

“你这么说，事实上还是有始无终，真是莫名其妙！这种事都暧昧模糊，所以连分手都难下决心。”

“不过……要调查的话应该尽早，事到如今，也没有办法了。”

斯波要就像谈论别人的事情一样说完算数，再次无精打采地倒向沙发。

斯波要无法想象美佐子与阿曾的爱情之火已经燃烧到何种程度，再冷漠的丈夫，只要想象那种场面，心中都不会好受。虽然不时受到好奇心的驱使，但是他还是闭上眼睛回避那样的臆测。说起来，那大概是两年以前的事情。有一天，斯波要从大阪回来，见妻子与一位陌生的男客面对面地坐在阳台上聊天，美佐子简单介绍道：“这位是阿曾。”不知打何时起，他们夫妇俩就形成了各自的交际范围，养成了自由行动的习惯，所以不必再作更为详细的介绍。那一段时间，美佐子为了排遣无聊的时光，去神户学习法语，按她的讲法，阿曾是那时学习时的朋友。斯波要当时了解的情况就这些，至于后来妻子的打扮越来越精心入时，镜台前的新购化妆品越来越多的现象，他竟然迟钝到毫无察觉的地步。之后过了将近一年，他才发现妻子的举止有点蹊跷。一天晚上，听到用盖被蒙头睡觉的妻子在偷偷地哭泣，他凝视着熄灯后寝室里的一片黑暗，默默地听着她抽泣了许久。其实，在这之前，就曾听到过妻子在半夜里伤心哭泣的声音。结婚一两年后，从性欲方面，他对于妻子的态度趋于冷淡之后，他就多次受到女人难以忍受的孤独心灵引发的哭声的威胁。越是能够理解她为何哭泣，越是对她产生怜悯的心境，就越是感觉到夫妻间的距离在扩大，连一句安慰的话也说不上，只能默默地听着她哭泣。他只要一想到今后的生涯中可能会年复一年每日每夜受到这种哭声的威胁，就太想早日过上单身的生活。碰巧的是，妻子好像渐渐地死了心，那以后有好几年没听到她半夜哭泣了。然而，那天晚上久违的哀哀哭声再次传来，斯波要最初怀疑自己的耳朵，接着就怀疑起妻子的想法来。直到如今，她还有什么不满需要倾诉呢？难道她是看似死心，其实是心有不甘，长期期盼着丈夫回心转意的那一天，而最终实在无法忍受下去了吗？他甚至感到心头火起，气得想骂她是"多么愚蠢的女人"，然而，却依然像过去一样默默地听过了事。可是，那以后妻子连续几夜不停地哭泣，斯波要大惑不解，终于忍无可忍地斥责道："你烦不烦人呀？"而美佐子非但毫不收敛，反而放声大哭起来，还悲悲切切地说："请你饶恕我，有一件事到现在为止我一直瞒着你。"对此，斯波要虽然也感到意外，但是同时也有一种从束缚中得以解脱，忽然从肩上卸下重负一般的轻松的感受，觉得自己终于能够在广阔的原野上自由自在地尽情呼吸了。——他不仅仅这样思想，还仰面平躺在被褥上，深深地吸入一口气，直抵胸腔。

美佐子现在的爱情，只是停留在她的心脏部位，还没有向更深处发展。斯波要也并不怀疑她的自白。但是，即便如此，这也足以从道德上抵消他的负疚感。她之所以能够做出那种事来，难道不正是自己导致的吗？——只要想到这一点，他就无法不谴责自己的卑劣。可说句老实话，他也在暗地里期盼着这一时刻的到来。他既没有说出自己的愿望，也从未主动为妻子制造过那样的机会，他只是抱着一种梦幻般的期望，期待出现那么一个男人，能替代自己去热爱这么一个作为妻子却无法得到妻子该享受的爱情而陷入痛苦的可怜可爱的女人。而且，按照美佐子的性格，他没能预料到这种愿望居然变成了现实。在妻子向他诉说了与阿曾的关系之后，问道："你也有相恋的人吧？"她大概也和自己一样，希望丈夫也有个情人吧。但是，斯波要回答说："我没有。"他认为自己对不起妻子的地方在于，单方面要求妻子保持贞操，而自己却没能做到。——虽然他嘴上说"我没有"，却由于一时喜好或肉体的需要，也去找过低档下流的女人。对于斯波要而言，女人不是神仙就是玩具。自己与妻子无法和谐相处，在他看来，那是因为妻子那一边的不是，既不是神仙，也不是玩具。倘若美佐子不是他的妻子，那就有可能成为他的玩具，而正因为美佐子是他的妻子，所以他才对她不感兴趣。斯波要当天晚上对妻子说："尽管如此，我还是尊敬你。虽然我无法爱你，但也不打算把你当作玩物。"对此，妻子回应说："我心里十分清楚，甚至觉得应该感谢你……不过，哪怕被你当作玩物，我还是更想被人爱。"美佐子说得泪流满面。

　　斯波要听了妻子的自白以后，并没有怂恿她投向阿曾，只是说自己没有指责妻子的婚外恋"不道德"的权利，不论她的恋情发展到何等地步，自己唯有承认现实。不过，他的这一态度确实也起到了间接怂恿妻子的作用。她所需要的，并不是丈夫的豁达大度、通情达理和宽宏大量，她说："我自己真的不知如何是好，犹豫不定。如果你让我与他断绝关系，我立刻就停止与之交往。"要是那时斯波要强令她"别干那种蠢事"，妻子会感到万分欣喜。哪怕当时斯波要不说那是"不道德的恋爱"，只说一句"那对你并没有什么好处"，她也会毅然决然地与阿曾分离的。她期望听到丈夫说出这样的话。丈夫对自己如此冷漠疏远，她没有期望得到丈夫的爱，却至少真心希望丈夫能够制止自己与别人的爱。可是，当美佐子逼问他"怎么办才好"的时候，丈夫却只是唉声叹气地说："我也不知道该怎么办。"打那以后，阿曾在自己家里进进出出，妻子外出频繁，且深夜才归，他从不干涉，也不面露愠色。美佐子只能靠自己来处理有生以来第一次经历的恋爱所遇到的情况。

美佐子在那天夜晚向丈夫坦白了自己的隐秘之后，依旧常在黑暗寝室里啜泣。这是因为她虽然被自己铁石心肠的丈夫抛弃，却依然缺少不顾一切地坠入爱欲世界的勇气、不知如何是好的表现。尤其是接到阿曾的来信，两人在外约会回来的夜晚，美佐子会躲在被窝里抽抽搭搭地哭上一整晚，直到天明都止不住。大约过了半年之后的一天早上，斯波要把妻子叫到西式楼房下的一间屋子里说："我有话要对你说。"记得屋里桌子上的盆子里养着已开的中国水仙花，开着电暖炉，那是个晴朗美好的冬日。前一天夜晚，美佐子又哭了个通宵，夫妻俩都没有睡好。面对面相视而立的两人的眼睛都又红又肿。原本斯波要昨晚就想说这些话的，他担心吵醒阿弘，又想到也许会使黑暗之中的妻子更加伤感，这才故意选择了这个清爽明媚的早晨。"这一阵子我想了很久，有些事打算与你商量。"他尽量做出语调轻松的样子，仿佛是在邀请对方外出郊游。美佐子立刻鹦鹉学舌似的回应："我也有事要与你商量。"睡眠不足的眼圈里漾出微笑，在电暖炉前的椅子上坐了下来。然后，两人各自道出心中的想法，居然发现大家的想法大致相同，得出殊途同归的结论。丈夫说：我俩虽然无法相爱，但是互相认可对方的优点，了解对方的性格，再过上十年二十年的，当两人都进入老境之时，或许就能和谐相爱。当然，也许那一天也不会出现。因此，现在没有必要苦苦等待。妻子立刻随声附和："我也是这么想的。"要是为了爱孩子而牺牲自己，变成河泥中的阴沉木，那是不明智的。夫妻俩真是所见略同。然而，话是这么说，可是有一方问："你想离吗?"另一方立刻反问："你的意见呢?"也就是说，双方谁都明白应该离异，却没有这种勇气，只能够痛恨自己的性格懦弱，举棋不定，无所适从。

要说丈夫这边的心里话，他觉得自己没有赶走妻子的理由，要是由自己主动提出分手，一定会受到良心谴责，寝食不安的，所以尽量把自己放在被动的位置上。自己眼下并没有等着要结婚的对象，而妻子在外有一位相爱的人，所以希望由她先下决心。但是妻子的说法是：正因为丈夫没有对象，若只考虑自己的幸福贸然分手，这就很难开口。虽然自己无法得到丈夫的爱情，但她并不认为丈夫是个无情汉，所追求的愿望是没有止境的。事实上，世上生活得不幸的夫妻多得是，自己除了不被丈夫所爱这一点之外，再没有其他的不满，因而没有抛夫弃子的企图。总而言之，不论是丈夫还是妻子，若要分手，他们都愿意自己处在被对方舍弃的位置，这样自己会觉得比较心安理得。可是，他俩都不是孩子，主动提出离异有这么痛苦吗? 他们无法实行理性的决断，究竟是在害怕些什么呢? 最终不就是为了割断迄今为止的情思吗? 那种痛苦只是瞬间的，看到那么多过来人的先例，那种痛苦过了一段日子就会渐渐淡忘下去。可他们夫妇俩如是说："与其担忧分手后的痛苦，莫如说更害怕眼下的分离。"俩人都对此苦笑不已。

斯波要最后提议说："让我们采取连自己都难以觉察的渐进方式来达到分离的目的吧。"以前的人们或许由于儿女之情才难以克服夫妇离异的悲哀，可是如今的人们，若能够不承受任何痛苦便能达到相同目的，他们就乐意尝试。他们不会对自己的怯懦感到可耻，怯懦者自有适应怯懦追求幸福的方式。所以，斯波要事先在脑中整理好几条双方共同执行的条件，对妻子说："你看这样行不行？"

一、美佐子当前是斯波要对外的合法妻子。

二、同样，阿曾当下是美佐子对外交往的朋友。

三、在不招致社会猜忌的前提下，美佐子对阿曾的爱情在精神和肉体两方面均是自由的。

四、过一两年后看，确认相爱的两人能够发展成夫妇关系的时候，斯波要再出面取得美佐子娘家的谅解，将美佐子转让于阿曾，并向社会公开。

五、因此，这一两年间视为美佐子与阿曾的爱情考验期。若考验失败，发现双方性格不合，确认婚后无法圆满生活，美佐子将继续留在斯波要家中生活。

六、若考验有幸成功，双方终成眷属，斯波要作为美佐子和阿曾的朋友继续保持长久交往。

斯波要说完以上条件，妻子的脸色宛如那天早晨的晴空一样，充满明媚的光辉。她说了一句"谢谢"，滴落下一颗喜悦的泪珠，仿佛这些年寄居在心底深处的芥蒂被一扫而光，首次心情舒畅地仰望天日。了解妻子喜悦的丈夫同样感到如释重负。结为连理这么长时间的夫妇关系，犹如嵌在牙缝里的东西那样，始终别别扭扭，颇不自在。如今到了即将分手的阶段，反倒可以无拘无束地融洽交谈，想来真是一种嘲讽。

不用说，这当然是一种冒险。然而，只要不这样睁一眼闭一眼地落入一筹莫展的窘境，夫妻两人再也没有更加合适的分手方法。阿曾也不可能提出什么不同的看法。斯波要把自己的想法明确告诉过他，还特地叮嘱："这种想法在西方国家不会成为什么问题，但是在当今的日本社会恐难以实行。我觉得，要实施好这个计划，必须妥善处理好各方面的关系。首先我们三个人必须互相信任。亲近的朋友，在这个问题上都容易产生误解。我们之间已经建立起了如此微妙的关系，所以必须格外小心自己的言行，注意不要伤害别人的感情，避免因一人的不谨慎而使另外两人陷入尴尬窘迫的境地。希望你也能特别注意。"他们俩商量的结果是，阿曾尽量少来斯波要家，需要时由美佐子"到须磨去"。

从此以后，斯波要对于美佐子和阿曾的关系真正做到了"视而不见"，只要自己这样忍受下去，自己的命运就会自然被决定——一切顺其自然，听天由命，只是顺从地、盲目地紧随事态的发展而行，不去发挥自己主观意志的任何影响。不过，最令他感到忧心的是，当考验期过去，最后的决定时间迫近的关键时刻。不论自己如何稀里糊涂地一天一天拖延下去，那分手离异的一刻终将无法回避。放眼望去，平静安稳的航道上，必须穿越一段暴风区。到达那个区域时，紧闭的眼睛不得不睁开。这一预感使得胆小懦弱的斯波要更加得过且过、有始无终、懒散怠惰。

"你一方面叫嚷离婚太痛苦，另一方面又采取这种不负责任的态度，真是太窝囊了！"

"我的窝囊也不是从现在开始的。——不过我的想法是：道德这个东西，其实每个人的想法都有点差异的。每个人只能按照自己的性格来制定个人的道德标准，然后予以实行。"

"你说得也对……不过，窝囊就是善，难道这就是你的道德标准吗?"

"也许称不上善，一个天生缺少决断力的人硬要违背自己的天性去做出决断，似无必要。硬是试图去做，会徒然付出巨大牺牲，最后反而导致不良的结果。窝囊的人只能按照自己窝囊的性格思考自己的进退之路，依据我的道德标准衡量我现在的情况，分手乃是最终的善。只要能达到最后的目标，过程无论怎么曲折也没有关系，即便我变得更加窝囊也无所谓。"

"这样说出你的思想，那你也许得花上一辈子才能达到最终的目的善。"

"是的，我认真地考虑过这个问题。西方社会贵族之间的私情屡见不鲜，然而，他们并不对自己的配偶隐瞒私情，而是得到对方的默许。——这与我现在的做法不是异曲同工吗? 只要日本社会允许这种现象存在，我一辈子坚持这种状态又有何不可呢?"

"即使在西方，这种做法也是落伍的。因为宗教已经完全失去了它的权威。"

"看来还不光是宗教的束缚，西方人还害怕与过去的传统断然决裂。"

"怎么做完全是你的自由，我就恕不奉陪了。"高夏冷冷地说道，从地上捡起了那本《一千零一夜》。

"为什么?"

"你还问为什么，这不明摆着吗？你这种模棱两可的离异，别人能说什么呀？"

"那我就为难了。"

"为难也没办法。"

"就是没办法，你也逃不脱干系。你放任不管，我只会更加犹豫不决。好啦，求求你。"

"行，行。今天晚上我先带阿弘到东京去一趟。"

高夏不再搭理斯波要，冷淡地翻着那本书。

其九

"春至京畿黄莺鸣，小舟溯流淀川行……"

阿久把三味线的第三根琴弦调低一度，演唱关西京都地区的歌曲《绫绢》①。老人喜欢听这首曲子。一般说来，本地的歌谣比较俗气，可是这一首曲调有着江户端歌那样的气势。虽说老人对关西艺术已佩服得五体投地，但他毕竟成长于东京地区，因此这首歌曲或许更适合老人的口味。"淀川行……"后面的间奏尤其美妙，听上去十分平凡，凝神细品，仿佛淀川河水在眼前汩汩流淌。

"……小舟溯流淀川行。北风阻挡舟难驶，无奈岸柳船缆系。艰难行进又折回，船岸上下几多次。夜投民宿八轩家，杂居共枕网岛地。拂晓乌啼寒山寺……"

从敞开的二楼廊檐的外窗看去，隔着泊船码头而建的一条小路，是一片沉入暮色之中的大海。一艘船身上写着"纪淡丸"的摆渡轮船正要离开码头出海。这是一个小港口，这艘不足四五百吨的轮船掉转船头的时候，船尾差点儿就擦上了码头的岸壁。斯波要把坐垫放在走廊上，遥望着伸展到港湾的出口处的犹如甜点心那样的混凝土堤坝。堤坝上已经点亮的同样可爱的小灯笼使海边的水面呈现出浅绿色，有两三个男子正蹲在灯笼下垂钓。这番情景虽然说不上绝景，但是，关东地区的农村绝对看不到这种南国海滨城镇的情趣。说起来怕也已经是二十年前的事了，记得那时到常陆国的平潟港旅游，两边的山岬角包拢了河流的入海口，山岬角上也点亮着灯笼，岸边的娼家鳞次栉比，给人一种古代码头的印象。然而，与平潟衰靡的景象相比，这儿的确显得健康明朗，令人颇为爽心悦目。多数东京人都不爱外出，斯波要也极少去旅行，此刻，他刚刚洗过澡，披了件浴衣，倚在旅馆的栏杆上，看他那模样，其实不过是渡海来到濑户内海的岛屿上，心里却觉得好似来到了一个非常遥远的地方。说句老实话，老人要他一起外出旅游，临出门时斯波要还在犹疑。老人的计划是带着阿久巡回参拜淡路的三十三处寺庙②，斯波要心想，这一次又要被他瞄上，要是妨碍老人的雅兴不好，还是以不去为好。但是老人劝他说："你客气什么呀！我们打算在洲本住上一两天，观赏人偶剧的祖师爷淡路净琉璃，然后穿上巡礼用服装去各圣灵场朝拜。你至少得陪我们到洲本。"阿久也跟着劝邀，加上上次文乐座留有的印象，终于对淡路净琉璃动起了好奇心。美佐子听说后皱起眉头，说道："真是异想天开，那干脆你也穿上巡礼的行头，如何?"可是，当她想到可爱的阿久装扮成《伊贺越》③剧中阿谷那天真纯情的模样，一路上跟随手摇铃铛、口念颂词的老人朝拜寺院，对老人的这种嗜好倒也不无羡慕。传闻大阪精于冶游

---

① 由当地盲人音乐家作曲、演奏和传承的三味线伴奏歌曲，讲述妓女从妓馆逃出，去京城寻找恋人的故事。
② 按照《法华经》的说法，佛、帝释、毗沙门天、长者、童男、童女、天、龙、夜叉、阿修罗等三十三种化身处要安置观音，建成三十三处观音圣灵地以供香客巡礼。
③ 人偶净琉璃·歌舞伎《伊贺越道中双六》的通称。根据日本三大复仇剧之一的《伊贺复仇》创作。剧中有离婚了的妻子阿谷带着孩子巡礼的场面。

之道的狎客，每年都会带上自己喜欢的艺伎，绕着淡路岛朝拜圣灵寺庙。老人打算从今年开始，说是以后每年都去。尽管阿久害怕皮肤晒黑，并不情愿，可老人却兴致盎然。

"刚才那句道白怎么说的？'借宿一夜八轩家'——这八轩家在什么地方呀？"老人冷不防地问。

阿久在榻榻米上放好玳瑁色水牛角拨子。虽说已是五月，老人还是在旅馆的浴衣外再披上一件碎靛青蓝花纹的葛布夹里短外褂。他的面前放着那一只红色的漆器酒杯，摸了摸文火上的锡酒壶，耐心地等待酒壶里的酒温热。

"你是东京人，大概不知道八轩家吧？"老人从火钵上拿起长把酒壶。"以前游淀川的轮船从天满桥的桥头旁出发，八轩家是游船出租者的旅馆。"

"是啊，所以才有'夜投民宿八轩家，杂居共枕网岛地'的唱词呀。"

"关西地区的歌谣有的长得出奇，听了叫人打瞌睡，我不感兴趣。像这一首长度合适，听来才有意思。"

"阿久呀，怎么样？还有没有这样的，再来一段……"

"说什么呀，她根本不行！"老人从旁把三味线拿过来，"这些年轻姑娘把歌谣唱得太过华丽，我老是说，三味线的伴奏一定要弹得质朴，她总是无法领会，弹得像给长歌伴奏那样……"

"您那么说，不如亲自来弹一曲呀。"

"行啦，还是你再弹一个吧。"

"弹不好的啦……"阿久皱着眉头，像小孩子撒娇似的，嘀嘀咕咕地调高弦音。

若是站在阿久的立场上看，要对付这么一个爱唠叨挑剔的老人也实在是不容易。当然，老人也把她视作掌上明珠，游艺烹调、技术修养，事必躬亲地悉心指导，殚精竭虑地琢磨，一旦自己过世，她也能再嫁到个好人家，可是，这些落伍于时代的修养对于年轻的女子而言又能起到什么作用？观赏的是人偶剧，吃的是水煮蕨菜和紫萁，阿久怎么能活下去？她大概有时也会想去看看电影，尝尝西餐的牛排吧，但这些阿久都需要忍耐克制自己。真不愧是京都出生的女人，斯波要对此既常常感到钦佩，同时也对这女人的心理觉得不可思议。说起来，有一段时间，老人热心于让她学习投入法插画艺术，而最近又改为学习关西地区歌谣，每周一次特地去大阪南部的一位盲人检校①家师徒两人一起练习。其实，京都也有相当优秀的歌谣师傅，但是老人自有自己的独到见解，那大概是他从彦根屏风②画上悟出的道理，认为关西歌谣的三味线伴奏也应该像大阪那样，以不放在膝盖上弹奏为佳。反正阿久现在开始学三味线也不可能出色掌握，但至少可以表达弹奏姿势之美的情趣。年轻的姑娘把三味线放在榻榻米上，稍稍扭转身子的弹奏姿势也颇有妙趣。如此说来，与其说老人在听阿久的琴声，毋宁说他更爱欣赏她的姿态。

　　"好啦，别多说了，你再弹一曲……"

　　"弹哪一首？"

　　"哪一首都行，尽量弹我熟悉的曲子。"斯波要说。

---

① 检校为日本室町时代以来授予盲人的最高官职，明治维新以后，为不带实权的私人称号。
② 彦根藩主井伊家收藏保留的江户初期的屏风，为日本国宝。屏风上画的是不把三味线放在膝盖上弹奏的男男女女，描写当时红灯区的风俗。

"那就弹《阿雪》^① 吧。"老人把酒杯递给斯波要，说道，"《阿雪》你大概听过了吧?"

"是啊，我所知道的曲子也就是《阿雪》《黑发》^② 之类。"

斯波要在听取歌谣时，忽然想起一件往事。小孩子的时候，他家住在东京的藏前，那房子与京都西阵一带的商铺结构相似，临街的门面狭窄，格子门窗，但是外面看不出里面很深，细长地排列着一间又一间的屋子，再往前有个不大的中庭，顺着走廊越过里院，尽头是一幢相当大的独立住房，那儿才是家庭成员们生活起居的房间。左邻右舍也是同样结构的住宅，上到二楼，隔着木板上的尖利竹片，可以看到隔壁人家的中庭和独立住房的廊檐。……回想起来，当时东京的庶民居住区是何等的静谧，虽然记忆朦胧，不甚清晰，但是，好像从未听到隔壁邻家有说话声音传来。插有竹片和玻璃碎片的围墙对面，始终静悄悄的，一点杂声都没有，仿佛是无人居住的地方，如同衰败荒废了的乡下士族住宅一样寂寥。然而，有一次从邻居家传来了古筝伴奏的微弱的谣曲声。唱歌的那个孩子叫"阿福"，斯波要早就听说她容貌俊美，众口交赞，却从未见过一面，倒也没有非看不可的意愿。有一天，大概是黄昏时分吧，他在二楼偶然望去，见邻居家廊檐边铺着一块坐垫，一个女孩背靠拉起的苇帘，仰起一张白皙的脸，仰望着不吸血的雄性蚊柱群舞的黄昏时分的天空。当她稍稍朝这边扭头瞥望时，斯波要幼小的心灵被她的美貌震颤，仿佛看到了什么害怕的东西，心中怦怦直跳，慌忙缩

---

① 关西歌谣，古筝曲，表达看破红尘削发为尼的艺伎对前情人的难以忘怀。
② 关西歌谣，表现独寝女子的烦闷难眠。

95

进了脑袋，所以她的五官长相如何，并未留下完整的印象。谈不上什么初恋，只是一种淡淡的憧憬似的快感，在此后的一段时间里始终占据着孩子的理想世界。至少可以说，那是斯波要心中男女平权主义的最早的萌芽。他至今不知道那个女孩当时有几岁，对一个七八岁的男孩而言，十四五岁的姑娘与二十岁左右的大人并无二致，而且那个女孩像个瘦骨伶仃的半老徐娘，和比自己大得多的姐姐差不多。不仅如此，记得她的膝盖跟前放着烟具盆，手里还拿着一支长烟管。那时候，东京工商业者居住区的平民女性中还残存着江户时代末期英俊潇洒的遗风，斯波要的母亲在天热时往往会挽起衣袖露出胳膊，所以或许无法说吸烟就一定是大人的证据。四五年之后，斯波要的家搬迁到日本桥。他隔着墙头看见女孩仅此一次，可是，自那以后，他经常侧耳倾听隔壁的古筝琴声和歌谣歌声。有一次，母亲告诉他，那女孩反复吟唱的曲子叫《阿雪》，那首曲子是用古筝伴奏的，不过有时也用三味线伴奏。母亲还告诉他，在东京，人们把这首曲子称为关西歌谣。

打那以后，斯波要再没听到过《阿雪》这首曲子，十几年过去了，几乎都忘得差不多了。有一次到关西游玩，在祇园的茶室观看舞伎跳舞时，听到了这首久违的曲子，顿时倍感亲切。在现场演唱的是一位五十多岁的老舞妓，声音深沉纯熟，三味线的伴奏低沉迟缓，阴翳郁闷，有一种嘭嘭的微弱的回响。老人要阿久唱得朴实，所追求的大概就是这种韵味。与老舞妓相比，阿久理所当然地显得华丽，不够含蓄，可是，那位当年的"阿福"也是用银铃般的声音演唱的，所以对斯波要而言，年轻女孩的嗓音反而更能引起对于往昔的回忆。再说，比起那嘭嘭的关西调的三味线伴奏来，阿久弹奏的大阪调的三味线由于音调较高，反倒可以令人回味当年古筝的韵味。这一把三味线琴是特制的，琴把可以折成九节塞进琴腹，老人带着阿久外出游山玩水从不落下它，走到哪儿带到哪儿。在旅馆的客厅里倒也罢了，可只要老人兴之所至，在盛开的樱花树下，他也会催促很不情愿的阿久弹唱；去年阴历九月十三日夜晚赏月之时，在宇治川顺流而下的游船上老人又让她唱，结果阿久虽然没事，老人却感受风寒，之后发了高烧……

"来吧，现在您来唱一首……"阿久说着，把三味线放在老人面前。

"斯波要知道《阿雪》的歌词的意思吧？"老人满不在乎地拿起三味线，调低音阶，而实际上内心却没有多大的把握。也许他在东京学过一中流派，有着净琉璃的素养，虽然关西歌谣这些年才开始接触，但是三味线的弹奏还相当灵巧，而且演唱的歌谣，在外行听来，还真有点儿味道。老人本人也洋洋自得，喜欢摆出一副行家里手的架势教训阿久，反而使她更难获益长进。

"这怎么说呢？说起古代歌谣的唱词，大致上能明白它的意思，但是要从语法角度讲，几乎全是错误的。"

"是的……古人根本不考虑语法，只凭感觉理解——其实，这样也就足够了。有点暧昧朦胧，反而使歌谣更有余韵。比方说有一句这样的唱词……"

老人边唱边作解释："……'野泽一井水，心中难平静，清澄月色缘，悄然移窗枳'……下一句是'身居大世界'，这是在说男人悄悄潜入女人身边，但是说得并不露骨，而是故意说成'清澄月色缘，悄然移窗枳'，由此故意使其留有余情。阿久因为不能理解其中的含义，所以唱出来就无法表现其中的心境。"

"言之有理。听您这么一解释果然是这种意思，不过，能懂得这些唱词含义的恐怕也没几个人吧?"

"外行看热闹，内行看门道。以这样的态度写给内行看，这就是它迷人的地方。古时候，这类歌谣大都是盲人创作的，因而总带有一些乖僻阴郁的味道。"

老人总是说自己只有在醉意朦胧之时才想唱歌谣，现在他看来已有了几分醉意，也像瞽者那样闭上眼睛吟唱起来。

老人的习惯是早睡早起，八点天刚黑，他就让阿久铺好被窝，一边由阿久揉捏肩膀以便进入睡眠。斯波要的房间与他隔了一条走道，想借着刚才喝了几杯酒的劲道，钻进被窝早早睡觉，可是因为平时习惯熬夜，怎么也不易入睡，长时间地似睡非睡。原本他是喜欢这样独占一间房睡觉的，可以安稳地睡上一个好觉，可是在家中寝室里旁边并排的是妻子的床铺，她在一边抽抽搭搭的，实在让人心烦意乱。为了太平地睡个安稳觉，他常常跑去箱根或镰仓住上一晚，无拘无束，使自己平日里疲惫的身心得到充分的休息。最近，因为夫妇间变得互相对对方漠不关心，毫不介意对方的存在，结果，大家都修炼到同栖一屋也能各自安然入睡的地步，自然斯波要也不再需要为了睡好觉而外出旅行了。好久没有这样单独一人睡觉了，可是，一条走廊对面屋子里老人夫妇的窃窃私语，比妻子的哭泣更妨碍睡眠。老人对阿久的话语声，居然判若两人地温柔亲切。大概怕打扰斯波要休息，他俩故意压低话音，含混不清，犹如昏昏欲睡，撒娇似的发出"嗯、嗯"的声响，加上阿久为老人揉捏腰腿的"扑哧扑哧"的声音不断传来，简直是没完没了。老人在嘀嘀咕咕地唠叨,阿久不时"是呀是呀""你在说什么呀"地应答几声,只能模模糊糊地听清她的语尾音。

斯波要每次看到别人家夫妇和睦恩爱,联想到自身家庭的情况,总会对他人感到羡慕不已,为别人的幸福感到高兴,绝不会吃醋嫉妒,此乃人之常理。可是,当他看到眼前这位老人与妻子相差三十多岁,尽管早有思想准备,可内心总有点儿迷茫。倘若这位老人就是自己的生身父亲,斯波要一定会觉得他是老不正经,他总算理解了美佐子对阿久恨之入骨的心情。就在斯波要睡不着胡思乱想之际,老人不一会儿却已经睡着,发出了均匀的呼吸声。忠实的阿久并没有停下按摩之手,"啪嗒、啪嗒"的揉捏拍打声直到将近晚上十点才停止。

斯波要觉得百无聊赖,等到对面房间熄灯后,拧亮了自己房间的电灯。躺在被窝里写了两张明信片。一张给阿弘,寥寥数语;另一张写给来自上海的高夏,也尽量简单扼要,在鸣门大海的景色旁,写下了七八行小字:

> 自打你离去后,我依然如故,暧昧糊涂。美佐子照常去须磨。现在我陪京都老丈人来淡路,真可谓眼界大开。美佐子大说阿久坏话,可他俩和睦亲热,颇为感佩。事情一有眉目即告,然眼下全无头绪。

其十

内务省执照　淡路源之丞大戏

地点：洲本町物部常盘桥旁

第三天剧目

《牵牛花写生故事》①

序幕：宇治乡间捕捉萤火虫

明石舟上生离别

弓之助宅邸

大矶妓馆

摩耶之岳

滨松小屋

戎屋德右卫门客栈

私奔

《太功记》第十段（追抱②）

《阿俊传兵卫》（追抱）

> 《吃又平》（追抱）
>
>   大阪文乐　丰竹吕太夫
>
> 票价每张五十钱
>
> 然持有通用券者每位三十钱

"早上好！可以进屋吗？"斯波要站在走廊上喊话。

"没关系，进来吧。"

斯波要走进外面的客厅，见阿久坐在镜子跟前，在旅馆的浴衣外系了一根市松的伊达窄腰带，正在用梳子梳理发髻。她的身旁坐着老人，膝盖上摊开着海报，他打开了老花镜的眼镜盒。大海上风平浪静，晴空万里，紧盯着海面，湛蓝的海水会让人觉得眼前发黑，轮船冒出的烟雾好像也纹丝不动。不过，有时还会有轻风吹来，纸槅门的破洞如风筝低鸣，老人膝盖上的海报被微微掀动。

"你看过《大矶妓馆》那场戏吗？"

"那是什么狂言剧啊？"

"就是《牵牛花日记》啊。"

"没看过——有那种戏吗？"

"所以嘛，文乐很少上演这种剧。下一场叫做《摩耶之岳》。"

"一定是深雪被诱拐的戏吧。"

---

① 《牵牛花写生故事》是日本人偶净琉璃和歌舞伎历史剧，山田案山子（近松德叟）遗稿，翠松园主人校补。天保三年（1832）首次上演。写一名叫深雪的女子因为不知自己的意中人和提亲对象是同一人离家出走，最后沦为双目失明、挨家挨户乞讨卖艺的悲剧。也称《朝颜日记》。

② 人偶净琉璃把专属艺人当客人，让特意请来的艺人出演叫"追抱"。

"嗯，是的是的。深雪被诱拐，然后就是《滨松小屋》那场——对了，怎么没了《真葛原》那场呢？……哎，你说呢……"

"……"

阳光的反射使屋子里更显明亮，阿久把木梳衔在嘴里，将一只手的大拇指插进右边鼓起的鬓角里，用两面镜子对照着看自己的后脑勺。

其实，斯波要并不知道阿久的真实年龄。出于老人自己的喜好，他从五条街一带的旧装店、北野神社的早市①淘来的通风织法布料、一乐织丝绸、像锁链一般硬邦邦沉甸甸的碎花纹绉绸之类的早已过时的料子，硬逼着阿久穿上用这些沾满灰尘的衣料做成的老气质朴衣服，让她看上去就像是二十六七岁的妇人。而且为了与老人相称，还特意吩咐她，要是别人问起年龄，就说是那个岁数。——阿久扶着镜子的左手指纹清晰，油亮的淡红色指甲并不光光是沾上生发油的缘故。斯波要第一次看到阿久的这种仪态，薄薄的衣衫下若隐若现的肩胛和臀部，体态丰腴充盈，这位高雅的京都女人如此年轻，富有活力，再明显不过地说明她的年龄顶多只有二十二三岁。

"接下去还有《客栈》，后面还有《私奔》一场呀。"

"嗯嗯。"

"我这是首次知道《牵牛花日记》中有《私奔》一场，是讲深雪最终如愿以偿，与驹泽一起私奔出行的吧？"

"不对，我看过那一场。《客栈》的后面是《禁渡大井川》，接

---

① 北野神社是京都市上京区祭祀菅原道真的神社，每个月的二十五日为庙会日，分别开设早市和夜市。

下去是深雪过河，沿东海道往下一路追赶驹泽。"

"没有私奔的对象吗?"

"不是。在被禁止渡河的岸边，还有一位家乡追来的叫做什么助的小伙子……"

"叫关助吧。"阿久又转动镜子照了照，一只手端起盛来弄直头发的热水的金属盆，起身走到廊檐上。

"对对，是叫关助。他一路跟随而去，也就成了主从关系的私奔。"

"那时候深雪已经失明了吧?"

"眼睛又睁开了，恢复成原先武士女儿的样子，打扮得漂漂亮亮地上了路。这与《千棵樱花树》中的私奔相似，不过显得更加热闹艳丽。"

在这个城镇尽头处的空地上搭建了一个小屋，戏剧就在那里上演，一般从上午十点到晚上十一点，有时会演到超过十二点。旅店的掌柜说:"刚开演时人很多，傍晚时分去正好差不多。"可老人说:"不，我来这儿的目的就是看戏，吃过早饭立刻就去。午餐和晚餐带上多层漆器套盒，装在这食盒里。"老人把备好的泥金套盒交给掌柜，还唠唠叨叨地点菜，什么芝麻饭团、煎鸡蛋、康吉海鳗、牛蒡、红烧豆腐……等到这些菜做好，他马上急着催促阿久:

"阿久，快做好准备。"

"对不起，这儿帮我系得紧些。"

阿久在硬邦邦的、折叠处仿佛就要折断似的八端条纹丝绸制成的和服夹衣上，正在重新系着同样硬质如袈裟布料制成的沙沙作响

104

的腰带，她把背后的结扣朝向老人说着。

"怎么样，这样行吗?"

"唉，再紧一些……"

阿久的腰腿使劲支撑着前倾的身子，她的身后，为她紧腰带的老人额头上已经冒出汗来。

"这玩意儿太硬，不好系哇……"

"您也会这么说，它不是您买的吗? 我才不买这东西呢，活受罪……"

"可是，颜色还是不错的嘛。"与老人一起站在阿久身后的斯波要感慨地说道，"这叫什么颜色来着? 近来的衣裳很少见到这种颜色的。"

"哪里啊，这还是草绿色系列吧，现在的衣物中也能见到这颜色，不过就是要褪色到这种古色古香的地步才有味儿。"

"这是什么料子的?"

"素花织锦缎吧。从前的料子都是这样硬邦邦的，而现在，不论什么布料大概都会掺入人造丝的。"

因为去剧场不用搭车，大伙儿各自提着多层食盒和装有盒饭的包袱出了门。

"要带上阳伞吧?"阿久惧怕暴晒，用手遮挡额头。

太阳光透过她单薄的手掌，小手指上被三味线拨子磨出的老茧部分如同雨伞的油纸那样红亮透明，被手遮挡住的脸阴部分远比阳光照射到的下颌部分来得白皙。虽然老人说这次准备晒黑，就不必带阳伞了，但是阿久还是在出发前用偷偷藏在手提包底下的防晒霜不声张地把脸蛋、脖子、手腕甚至脚腕都抹了个遍。斯波要看到这个京都女人对于自己细腻白嫩的肌肤如此苦心呵护，不禁感到好笑，然而，这位喜爱玩乐的老爷子看上去样样细致周到，其实从他不要带伞的指令看，还是缺少对女人的体贴。

"您不快点儿走，就到十一点啦。"阿久说。

"嗯，稍微等一下。"老人不时会在古董店门前停下。

"今天可真是个好天气呢。"阿久和斯波要一起溜达着往前走，她抬头仰望晴空，满腹牢骚地说，"这么好的天气，理应外出踏青采摘花草才对……"

"可不是嘛，这天气去采摘花草可比看戏强多了。"

"这一带是否长有蕨菜、问荆草之类的野菜?"

"这一带我不清楚，鹿谷附近的山上要多少有多少。"

"是的，多得很哪。上个月去八濑那边摘野菜，采到很多款冬花茎。"

"款冬花茎?"

"是啊。——他说要吃款冬花茎，京都的市场上没有卖的，那种苦了吧唧的东西谁要吃啊。"

"在东京也不是大家都吃的。——这么说你是特地去那儿采款冬花茎的啰?"

"是啊，摘了这么满满的一筐哟!"

"摘野菜固然不错，就在乡间城镇悠闲地散散步也好哇。"

万里晴空之下，一条笔直的乡间道路向前延伸着，明朗开阔，放眼看去，路上行人稀少，偶尔迎面而过的自行车的铃声显得十分清脆悦耳。这是一个十分普通的乡下小镇，没有什么独特之处，不过，关西地区房屋的外墙颜色都很漂亮。按照老人的说法：关东地区横扫的强风大雨较多，所以住宅的外侧墙壁多用上楔形护墙板壁，然而，无论用上多么上等的木材，很快就会发黑污秽，看上去显得十分肮脏。如今东京那些白铁皮屋顶的简易木板房自不消说，即便是附近县里的小城市，原本应该是越古老越显古朴优雅气息的，现在也都呈现出一种烟熏黢黑，格外阴郁的模样。因为经常会发生地震、火灾，在废墟上新盖的房子大多使用北海道落叶松或从美国进口的薄木板，呈一种灰白颜色，再不就是像美国郊外那种单薄、丑陋的楼房。倘若在关西也有个像镰仓那样的城市，就是赶不上奈良，也一定会显得更加古雅静谧，充满细腻雅致的氛围。京都以西的地区，由于风土的自然条件优越，极少受到天灾，无名小城镇和农家住房从瓦片到外墙均色彩鲜艳，令游人驻足观赏。尤其是那些古时候城邑那种小城市，比起大城市来要有趣得多。大阪就别提了，连京都的四条河原都变成了那副模样，如今，也就是姬路、和歌山、堺、西宫这类城市，还保留着浓郁的封建时代的面影……

"大家都说箱根、盐原的风景好，其实日本是个岛国，又多地震，那一类的风景到处都是。据说《大阪每日新闻》征集新八景的时候，光叫'狮子岩'的全日本就不知有多少个。事实上也就是那么一回事。还是从关西到四国、中国一带走走，看看那一带的城镇和港口有意思。"

一行人来到十字路口，转角处有一幢房子，墙上只抹了一层底灰，显得老旧粗鄙，看到从屋顶的半圆形筒瓦间露头的溲疏花，斯波要就想起了上面老人说过的话。淡路在地图上不过是个小岛，这儿是岛上的一个港口，脚下的这一条道大概可以通向城镇的尽头。掌柜的说，这岛上不管走哪条路，只要一直往前，准能到达河边。

而人偶剧就在河对岸的河滩上演出。照他的说法，河边大概就没有人家了。这儿是幕府时代的一个大名的领地，谈不上已到达城邑的程度，不过叫人觉得现在的城镇与当年相比也没有多大的变化。人们都说现在的城市装饰变得越来越现代化，其实那只是形成国家动脉的大都会里的现象，一个国家里那样的大城市不会很多。像美国那样的新兴国家另当别论，那些历史悠久的国家的乡村城镇，如中国、欧洲各国，只要不遭遇天灾等自然变故，总会保留着古老的文化传统，传承着封建时代的气息。拿这个城镇来说，要是你不去注意电线、电线杆、油漆的招牌、商店橱窗，也可以随处看见井原西鹤的通俗小说插图里描绘的商家。连屋檐的椽子也用灰浆包裹的仓库式商店构造，不惜以粗大的方木料制作坚固的外挑式方棂格子窗户，沉甸甸的圆形筒瓦与平瓦倒扣覆盖的脊瓦，写有"油漆""酱油""食油"等字迹斑驳的榉树木的招牌，挂在泥地房间尽头处印有商号名字的藏青色布门帘——虽然这一切不都是老人所描述的，但是它们为日本的古老城镇不知增添了多少的情趣。斯波要觉得蔚蓝的晴空下衬托的墙壁的纯白仿佛被吸入了自己的心灵深处，那颜色与阿久系在腰间的锦缎腰带如出一辙。在清澈的海边空气中长期经受风雨的洗礼，颜色会自然地黯淡，在明亮华丽中显出质朴古雅，久久地凝视，心灵会感受到异常地平静。

"这种老房子里面很暗，根本无法知道屋子里有些什么东西。"

"还有一点是，街上过于明亮，这一带的泥土都是这样白兮兮的。"

斯波要冷不防地想起了在那布门帘里面黝黑的空间里生活者的面容，或许他们都和文乐人偶长得一模一样，过着人偶剧中描绘的那种生活。雷电①剧里的上场人物阿弓、阿波的十郎兵卫、巡礼的阿鹤等人所生活的世界一定就是这样的城镇吧。此刻正在行走中的阿久不正是其中的艺人吗？也许往前追溯到五十年、一百年前的像阿久一样的女人，也穿着阿久一样的和服，系着同样的腰带，在春光融融的日子，拎着食盒包袱，同样顺着这条道路赶去河边看戏。也许她们会在那格子窗户中弹奏《阿雪》也说不定。阿久确实就是从封建时代里走出来的幻影吧。

① 指根据人偶净琉璃·歌舞伎《倾城阿波之鸣门》第八场改编。"雷电"是关西方言，是土井殿大师的通称。

其十一

　　淡路人说，这个小岛就是人偶净琉璃的发源地。现在，从洲本到福良道路旁有一个名叫市村的村庄，里面就有七个人偶剧团。从前，这儿的剧团多达三十六个，人们把这个村子称为"人偶村"。不知那是哪个朝代的事情，一位落魄的公卿从京城迁来此地，在村里盖房居住，为了排遣郁闷，开始制作配和歌能够操控的人偶，这就是人偶表演的开始。据说，有名的淡路源之丞就是这个公卿的后裔。其家族至今还是村里的世家望族，住在漂亮的宅邸里。他们不仅在这个岛上演出，在通往四国、中国地区一路上也进行巡演。不过，组织起剧团演出的不光是源之丞一家，夸张地说，全村各家各户人人参与人偶净琉璃的义太夫调的演出，或弹奏三味线，或操纵人偶，或担任剧团经营的负责人。碰到农忙时节，他们都下地干活，农闲之时，就组织剧团在岛内巡回演出。所以从真正意义上说，淡路净琉璃就是来源于纯粹乡土传统的农民艺术。大的演出一般每年两次，在五月和正月举行，一到那时候，整个岛上以洲本、福良、由良、志筑为中心，各处的演出都热闹非凡。大的城镇可租借固定的演出场地，一般小地方在露天用圆木搭台，四周用草席围起来，下雨天就停演。如此一来，淡路出现了许多对人偶净琉璃痴迷的癫狂者，这一嗜好盛行，就有人用一人可作表演的布袋人偶从这个城镇到那个城镇，挨家挨户地表演乞讨，如被请进屋里，便边说唱边舞蹈，来上一个精彩的段子。也有人爱此道痴迷不可自拔，搞得倾家荡产，真是愚不可及，甚至还有为此发疯癫狂的。然而令人遗憾的是，这一引以为豪的乡土艺术由于受到时势的打压正逐渐走向衰败，旧的人偶渐渐无法使用，新的人偶制作工匠已后继无人。如今，被称为"人偶师"的净琉璃艺人只剩下住在阿波德岛的天狗久、其弟子天狗弁以及由良港的由良龟①三人。其中艺技最为精良的天狗久，已经是六七十岁的老爷爷，要是他们过世，这门技艺怕是会永久消失吧。天狗弁到大阪后，在文乐座剧团后台帮忙，所谓的工作，无非是修理以前的旧人偶，做点抹粉上色的活儿。由良龟的上一代做过不少精良的人偶，到现在这一代，主业变成了理发，只是利用业余时间对旧人偶做些修补而已。演出是因为没有新人偶，只能尽量修理旧的人偶供演出使用。所以，每年一到盂兰盆节和岁末，歌剧团都会把破损的人偶送来修理，一个人偶师家能集中数十只。如果那时候去，就能很便宜地买到一两只人偶。

老人不知道从哪儿听到这样的消息，所以一再表示："这一次无论如何要把人偶搞到手。"其实，前一阵子他就在文乐剧团想方设法地购买一只旧人偶，却没能成功。后来有人告诉他，到淡路可

① 天狗久，原名吉冈久吉（1858—1943），人称"大师"。天狗弁，原名近藤弁吉（1873—1969），既是天狗久的外甥，也是弟子。1921年至1928年在文乐座工作。两人均为德岛人。上一代由良龟，原名藤代龟太郎（1858—1923），生于洲本市由良町。本是钟表匠，也是大阪道顿堀"坐吃山空"人偶的发明者。其三子藤本云并（1893—1961）继承钟表家业，亦称"由良龟二世"。

以买到。于是便打算趁着巡回朝拜之际，不仅要顺带着看戏，还说要造访由良港的由良龟，拜访人偶村的源之丞，回去的时候再从福良开出的船上，观赏鸣门的海潮，再去会会天狗久老艺人。

"斯波要啊，这一带是多么闲适啊。"

"真是，太悠闲舒心了……"

斯波要走进戏棚，与老人相视而望。闲适——这个词的确道尽了这儿所有的感觉。记得有一次，在四月底温暖的日子里，斯波要去看壬生狂言剧①，春光融融催人眠，坐在寺院里搭起的看台上，陶醉之中萌发睡意。孩子们戏耍的吵吵嚷嚷声，照射在点心摊和售卖面具的临时帐篷上玻璃般耀眼的日光，还有其他各种杂音和舞台上演出狂言的冗长的伴奏融为一体，心情格外舒畅，终于迷迷糊糊地打起盹来，可是刚一入睡又突然惊醒，如此连续反复了两三次……每次惊醒后看舞台上，刚才的狂言剧仍在继续，悠扬的伴奏声依然在耳边回荡，看台外面，明媚的春光还是照射在临时帐篷上，孩子们依旧在嬉戏喧闹，恰似漫长的春日不会有暮色降临的那一刻……犹如午睡时分做过的几个不相关联的散梦，一会儿醒来，一会儿又睡去……或许这就是太平盛世的幸运，桃花源里的闲适，犹如远离喧嚣的尘世，得到了久违的自得和安宁。记得小时候在人形町水天宫看七十五座神乐也是同样的心情，这个戏棚的氛围与当时完全一样。虽说屋顶铺有草席，戏馆周围也围着草席，但是草席之间接缝处的缝隙比比皆是，观众席上的阳光斑斑驳驳，处处可见蓝色的天空与河滩上郁郁葱葱的青草。按理说，戏院里吸烟者会把

---

① 每年四月二十一日起在京都中京区壬生寺连演九天的狂言，一种戴着假面具舞蹈的哑剧。

空气搞得乌烟瘴气，然而，掠过紫云英、蒲公英和菜花的清风将场内的空气吹得如露天一般清爽。观众席就是在土间平地上铺上席子，上面并排摆上坐垫。村子里的孩子们对台上演出的人偶戏全然不感兴趣，边吃点心和橘子边闹腾，把这儿当作幼儿园的操场，这情景与民间的神乐毫无二致。

"是啊，这表演与文乐又大不一样呢。"

三个人手提食盒包袱，在戏棚子跟前驻足片刻，茫然地看着孩子们上蹿下跳。

"戏已经开演了，人偶动起来了。"

斯波要的视界里，在幼儿园般吵闹的对面，舞台上忽明忽暗的光景，宛如与弁天座看到的净琉璃剧不同种类的一个童话故事的世界——具有童话般纯粹、明亮的幻想王国。舞台上垂挂着牵牛花图案的友禅缎子大幕，正在上演该剧的序幕《捕捉萤火虫》，像是驹泽的年轻武士人偶和像是深雪的美女人偶，在船上用扇子遮挡头部，膝行靠近，点头致意，喃喃细语。场面看上去像是在谈情说爱，却听不清演员的话音和三味线的伴奏，只能看到两位可爱男女的动作，令人觉得这场面缺少文五郎操作人偶时的那种写实的感觉，恰似人偶们正在和村子里的孩子们一起天真、快乐地玩耍一样。

阿久主张坐到看台上去，可老人坚持认为看人偶剧必须从下往上看才行，"就是这个地方好。"说罢便席地而坐。虽说已到嫩叶萌发的暖和时节，但是一坐到地面上，一股潮湿的凉气还是透过薄薄的坐垫袭来。

"屁股凉飕飕的，真受不了。"阿久在臀下垫了三块坐垫，然后热心地劝说老人改坐到看台上去，"坐在这样的地方对您的身体可没有好处。"

"行啦行啦，既然来这地方看戏，就别提过高的要求了。不在这儿看，就难以体会剧情。屁股感觉凉一点，就忍受一下吧，以后这还能成为一个谈资呢。"

老人没有采纳换座位意见的意思，不过看来他也感受到了寒冷，于是把锡酒壶放到酒精炉上加热，立马开始饮酒。

"你瞧瞧，这一圈人都和我们一样，拎来了多层食盒……"老人说。

"相当美观的泥金画食盒呀。里面装的无外乎煎鸡蛋、紫菜卷饭团之类的东西吧。这地方经常上演这类戏剧，食盒里的菜肴也自然会相对固定吧。"斯波要说。

"不仅这一带如此，过去其他地方也都是这种习惯，大阪一带直到几年前还保留着这种习俗。就是现在，京都的那些名门望族外出赏花时，大都还让侍童拎上食盒好酒，一路相随。到时借上一只酒壶烫酒，喝不完的酒再倒回酒瓶带回家，说是用作烧菜的料酒，这实在是个好主意。不过，这在东京人看来，京都人太过吝啬，没出息。话又说回来，要是在外面吃得不满意，聪明的办法还是自带食盒，首先食材是什么心里明白，吃起来放心。"

环视周边，眼看着陆陆续续进场的观众已经挤满了舞台前的泥地，各自围成小圈，开始吃吃喝喝的宴会。由于日头高挂，戏棚里的男性观众不多，都是镇上的姑娘妇女，她们带着孩子，有的还怀抱吃奶的婴儿，东一堆西一群的，各自占领一块地方，围坐在多层食盒周围吃喝，对舞台上的演出全不在乎，谈笑风生，嘈杂喧闹。

这儿的小店也有出售炖菜和清酒的，然而，大多数的人还是自带食物，用包袱巾包来一大包东西。明治初年赏樱花的季节，飞鸟山①恐怕也是一派同样的光景。斯波要原先总认为，泥金多层食盒是落伍于时代的奢侈品，来这儿一看才明白，在实际生活中它还在被大量地使用。他发现，漆器与煎鸡蛋、白米饭团的颜色搭配相当和谐，装在漆器食盒中的食物看上去十分可口。人称日本料理不是用来吃的，而是用来看的，这原本是对徒有外表不具实质酒宴的一种诅咒，但是看到眼前食盒里红白相间、五颜六色的食物，不禁觉得美观，而且连泽庵鲜萝卜和白米饭这样的东西都觉得美味，诱人食欲大增。

"坐在这凉凉的地面上，又喝了几杯酒……"老人嘟囔了两三次，要去小便。

这时最最为难的当属阿久，她知道戏棚子上厕所不方便，所以出门前就解决了问题，打算看戏时尽量不去。可是，越是牵记越有尿意，加上席子下地面的寒气顺着后脊梁向上袭来，又陪着老人喝了两三杯酒，吃了点食盒里带来的菜肴，于是立竿见影地有了反应。

"厕所在哪儿？……"她起身问道。

"阿久可去不得。"刚去厕所回来的斯波要绷着脸。

一打听原来所谓的厕所就是并排摆放的两三个便桶，四周没有遮拦物，男男女女都站着小解。

"哇……那我怎么办？……"

---

① 位于京都市北区的山岗，江户时代以后，成为观赏樱花的名胜地。

“那怕什么，反正你我互相看，还不一样？”老人说。

“可是……这站着能行吗？”

“京都的女人不经常那样吗？”

“胡说八道。我可从来没站过！”

斯波要说，这附近会有面馆之类的，可借用一下厕所。于是阿久去了外面，过了将近一小时才回来。她说一路走过去，虽然有面馆饭馆什么的，可是看上去都不便进去，那些店家总有点令人害怕，最终一直走到旅馆，回来坐了人力车。斯波要心想，那些年轻的姑娘和主妇们怎么解决这个问题呢？她们都上那几个便桶那儿去吗？正在他闲人多操心的时候，他们三人的身后发生了一件麻烦事——一个怀抱小孩的妇女在观众席的通道上解开衣服前襟，像打开了水龙头一样哗哗地开始放水。

“这家伙实在太粗野了！就在我们吃盒饭的当口，简直不像话！”老人一副万般无奈的神情。

台上的演员对观众席上乱糟糟的一片凌乱景象视而不见，照样演戏。现在已经是第几位太夫上台演唱啦？斯波要或许因为白天饮酒的几分醉意，加上周围极大的噪音，觉得面红耳赤，昏昏沉沉，舞台上的场景只是在眼帘中闪烁，但是，他并没有刺耳和无聊的感觉，好似躺在明亮的澡盆里，全身浸泡在温度惬意的热水中，浑身充满着快感；又仿佛早晨躺在温暖的被窝里，迷迷糊糊地睡着懒觉，有一种悠闲的、忧郁的、甜蜜的心境。他心不在焉地看着舞台，不知不觉之中，《明石舟上生离别》已经演完，《弓之助宅邸》《大矶妓馆》《摩耶之岳》也已经过场，现在上演的像是《滨松小屋》。外面的日头高挂，丝毫没有西斜的迹象，仰望天棚，从草席的缝隙中可以看到蔚蓝的晴空一如早晨来的时候。在这样的氛围之中，当然没有留意台上剧情发展的必要，只要陶醉于关注人偶的动作就足够了。观众的吵吵嚷嚷不仅不会影响看戏，各种各样的声音和色彩，犹如万花筒一般五彩缤纷，令人目不暇接，眼花缭乱，保持着一种浑然一体的和谐之美。

"真是悠闲舒心哪……"斯波要再次重复了这句话。

"不过，没想到人偶剧也真不错呀。操纵深雪的艺人还真有两下子。"

"是啊。要是再本色一点就会更好。"

"人偶剧不管在哪儿演出，基本上是一个模式，只要义太夫的唱词不变，程序都一样。"

"难道就没有淡路特有的唱词吗？"

"听人家说，淡路净琉璃与大阪的有所不同，可是我看不出来。"

虽然有人把"老一套""模式化"视为艺术的堕落，然而，人偶剧这一农民艺术的产物之所以形成眼下的模样，仔细观察，不正是因为有了"模式"的缘故吗？从这个意义上说，这种由"梆梆"的三弦伴奏的旧式戏剧①是富有大众性的。不论什么样的狂言剧，代代承袭的名演员都会把自己千锤百炼的定型扮相和动作，即所谓的"模式"传承下去。遵照这一程式，按照义太夫调道白，那么，即便是外行人也会模仿几分。观众们按照这个"模式"，在观剧时也可以联想在舞台上歌舞伎演员的表演。在乡村的温泉旅馆里看到

---

① "梆梆"指净琉璃的三味线伴奏音，"旧式戏剧"即歌舞伎剧本中从人偶净琉璃移入的内容。原则上唱词以外的叙事部分均由义太夫念白。

小孩子演戏剧助兴的时候，教者认真，习者专注，掌握了一定的演剧技艺，令人感到钦佩。与演员可以各自对剧情解释的现代戏不同，古代戏剧所有招式都有依据，或许女孩子更容易掌握。从前没有电影，却有着可以替代电影的便利的方法。尤其是这种设备简单、人员极少的人偶戏剧团，在各处巡演十分方便，给地方上的民众带去了多大的文化抚慰啊。如此看来，歌舞伎已经深入到农村的各个角落，在农民的心中深深扎下了根基。

斯波要以前看过《牵牛花日记》中人所共知的《戎屋德右卫门客栈》和《禁渡大井川》两场戏，记得还有"从前某年在宇治，一起捕捉萤火虫"和"泣别苦待明石风"之类的唱词。这一次还是首次看到《宇治乡间捕捉萤火虫》《明石舟上生离别》《滨松小屋》这几场戏。但是，这个剧看上去像是历史剧，却少有历史剧那种生拉硬扯、胡编乱造的情节和武士道残酷的情义说教，反倒是加入了社会世俗剧的直率明快，甚至有轻松的滑稽感，使整个剧情显得流畅顺达。斯波要不知道这出戏的故事发生在哪个年代，也不清楚实际上是否真有此事，虽然听说过驹泽这个人物的原型是熊泽蕃山①，可是从故事情节看，有的地方似乎是比德川时代早的战国或室町时代的事。男的唱一首《催马乐》② 赠送女性，女的遂弹琴吟唱③，

① 熊泽蕃山（1619—1691），日本江户时代前期的儒学者。京都人，名伯继。著有《大学问》，遭幕府记恨，流放下总的古河，后病死。根据讲释本《牵牛花》改编的《牵牛花写生故事》，据说主人公就是宫城阿曾次郎（以后的驹泽次郎左卫门）的原型。
② 《催马乐》是以古代民谣为歌词，填入外来的雅乐演唱，流行于平安朝中期。并非阿曾次郎赠与深雪的歌。
③ 在《牵牛花写生故事》的《客栈段》中，失明者深雪在驹泽次郎左卫门跟前，弹琴吟唱牵牛花之歌。

名叫浅香的奶妈千辛万苦地追赶小姐……这些故事又像是平安朝时代的。虽然是时代久远的剧情，却因为有着相当浓郁的通俗性和写实性，无论是浅香出场时那一身巡回朝拜寺院的装束打扮，还是她所演唱的拜谒圣灵歌，都令当地人感到万分亲切。直到现在，还经常能看到浅香打扮的女人一边唱着朝拜歌一边在镇上行走，所以关西人观赏净琉璃剧就与关东人不同，他们会感到剧中的故事就是发生在自己身边的真实事情。

"不对，这《牵牛花日记》可不能这么演。"老人好像想起什么似的，突然说，"要是《玉藻前》《伊势舞曲》之类的演出，与大阪的不一样，就很有看头了。"

老人听说，文乐的演出中，凡是残忍或淫乱的唱词和动作往往删除禁演，而淡路净琉璃为了保全古典戏剧的完整，那些段落至今照样演出，因而形成了自己非常独特的一面。譬如说《玉藻前》在大阪只演前面三场，在这儿呢，从序幕开始一直演到底。其中有九尾狐现出原形，吃掉玉藻前的场面。狐狸咬破女人的肚子，血淋淋地拽出她的五脏六腑，那肠子据说是用红色的丝绵做的。还有《伊势舞曲》中有砍杀十人的场面，整个舞台上散落着被拽断拉散的断胳膊断腿及躯体。要说新颖奇拔的还要数《消灭大江山恶鬼》[①]那场戏，恶鬼的脑袋居然比人的还要大。

"不看这一些，我们就算白来了。明天上演的《妹背山》[②]也是，应该也很值得一看。"

---

① 取材于源赖光等人"消灭恶鬼大江山酒吞童子"传说的净琉璃《大江山酒吞童子的故事》。淡路人偶的酒吞童子身高马大，脑袋有人的四倍那么大。
② 人偶净琉璃·歌舞伎《妹背山妇女庭训》的通称。淡路人偶净琉璃几乎每天更换演出节目。

"大概我是头一回观赏《牵牛花日记》，觉得太有意思了。"斯波要说。

斯波要虽然看不懂操纵人偶细微技术的高低，但是与文乐相比，这里的操纵手法还是比较粗糙，缺少柔和感，多少难免带些土气。这是因为人偶的好坏取决于面部表情、衣服穿着，与大阪相比，这儿的人偶的五官线条僵硬死板，不大像真人的脸谱。主要旦角的脸型不像文乐座剧团圆润丰腴，这里的旦角脸型都是长脸形、高鼻梁，像京都人偶或古装人偶那样显得冷漠。男人的反派角色，不论是红脸的，还是凶神恶煞的，都搞得怪模怪样，不像人脸，倒像个恶魔鬼怪。而且，这一代的人偶身材——尤其是头部比大阪的都要大上一圈，男主角竟和七八岁的男孩差不多大。淡路人觉得大阪人的人偶做得太小，在舞台上显不出人物的表情，而且涂抹白胡粉后不该不加打磨。也就是说，大阪人为了使人偶脸色接近真人，涂抹上白胡粉后故意不做研磨，不让脸部发亮。与大阪的做法相反，淡路人尽量设法打磨得亮闪闪的，他们认为大阪的做法比较草率粗糙。确实，这一带人偶的眼睛相当灵活，男主角的眼珠不仅可以左右转动，而且上下也能活动，一会儿变成红色，一会儿变成蓝色。大阪的人偶就没有如此精巧的机能，旦角的眼珠一般不会动，而淡路的旦角眼帘可开闭自如，使淡路岛的人们颇感自豪。总而言之，人偶剧的整体效果是大阪的显得精湛高明，而淡路人注重人偶胜过戏剧，恰似父母怀着慈爱的情感在观赏台上演出的孩子一样，他们只会盯着自己孩子的形象看。然而，令人遗憾的是：大阪方面属于松竹系统的演出，资金雄厚，淡路方面则是农民业余时间的表演，发饰和衣着都显得相当寒碜，深雪和驹泽的服装都陈旧不堪。

不过，喜欢旧衣服的老人却说：

"衣裳还是这儿的好。"他的目光紧盯着台上人偶的服装，一会儿说那条腰带是粗呢制品，一会儿又说那件窄袖便服是八丈岛的黄底格纹绸子做的，一副无比羡艳的样子。

"以前的文乐也是这个样子的，可是最近变得花哨起来。每次演出都要新置服装，虽然不算坏事，不过使用那些友禅染廉价薄毛呢和织锦薄纱料子，反而把人偶给糟蹋了。人偶的服装与能乐一样，越古老越有价值。"

演到深雪与关助私奔这场戏的时候，漫长的白昼终告结束，暮色降临，落幕时分，草席围栏外已经一片漆黑，白天冷清得煞风景的戏棚里，挤满了观众，呈现出名副其实的夜场氛围。适逢晚饭时间，于是场内到处摆开了小宴。支光数很大的电灯泡到处吊装着，亮是亮了，却也非常晃眼。而且舞台照明也没有脚灯等特殊装置，只有从天花板上垂吊下来的电灯泡，因此，当《太功记》① 第十场开演时，人偶脸上的白胡粉在灯光的反射下，呈现出一派十次郎和初菊的脸部无法正面直观的奇妙景象。但是，戏演到这个份上，坐在台上的太夫渐渐换成了更加具有专业水准的优秀艺人，这时候，有一方看台上的观众嚷道："怎么样？咱村的太夫演得多棒！大家好好听听。"他们的同村人便起哄声援。另一方的看台上马上爆发出骂声："俺们村的××太夫演得更棒，台上的，见好就下去吧！"观众们借着酒劲，各村都力挺自己村的艺人，激烈的竞争一直持续

---

① 人偶净琉璃·歌舞伎《绘本太功记》的略称，该剧描写明智光秀决议谋反直至灭亡的过程。第十场是光秀母亲皋月为光秀儿子十次郎和未婚妻初菊致贺词后，十次郎出阵后战死的情节。

到深夜。每当台上的义太夫唱出精彩段落时，那些戏迷们更是喝彩声不断，什么话语都爆出口来，沸反盈天。最后竟齐声高喊："太精彩啦！"发出一片感佩的哭声。最奇妙的是台上人偶的操纵者，看来晚餐时也喝过一杯，红着眼睛醉醺醺地摆弄人偶，这倒也罢了，那个操纵旦角人偶的男子渐入佳境，仿佛融入了人偶剧中，怪模怪样地扭动着自己的身子。这样的表演原本只会在文乐中看到，可这儿原来是农民的人偶操纵者天天在地里干农活，晒得黑黢黢的，现在穿上和服坎肩，脸上带着几分微醺的粉红色，正心情舒畅地卖力表演，当"太精彩啦"的叫声扑来时，会更加来劲，连表情都显露出来。人偶的造型也变得越来越才思新颖奇特起来，做出的动作体态使刚才还对《牵牛花日记》表演有所失望的老人大喜过望。《太功记》演完后，又演了《阿俊传兵卫》，剧中演到耍猴的与次郎要上床睡觉时打开已经关上的格子门，蹲在门前的路旁小便，这时不知从哪儿跑出一条狗来，一口咬住与次郎的兜裆布，硬是把他拖走了。

十点过后，海报上高调宣传的来自大阪的特邀艺人吕太夫[①]的《吃又》[②]开演了。可是没过多久，观众席上出现了大骚乱。五六个身穿藏青色立领制服的人与一个像是工头模样的人围成一圈坐在地上吃吃喝喝，那工头突然站起来冲着看台上的观众嚷嚷："来吧，过来呀！"摆出一副要打架的架势。原来，对于大阪来的义太夫表示反感的当地人与支持大阪义太夫的一档人刚才起就一直在怪叫着互喝倒彩，这场争斗越来越激烈起来的时候，一方的看台上有人说

① 吕太夫即二世丰竹吕太夫（1857—1930）。
② 人偶净琉璃·歌舞伎《倾城返魂香》的通称。

123

了句什么，惹恼了工头。"喂，你这家伙，有种给我出来!"他凶相毕露，就要扑向对方看台。伙伴们一起站起来劝他"算了算了"，可那孩子的气焰更加嚣张起来，叉开双腿站立着怒号。这时其他观众也站起来起哄，让那工头放老实点。如此一来，最精彩的压轴戏全被他们给搅得一塌糊涂。

其十二

"斯波要，那我们就走了。"老人说。

"您的精神很好，希望这一路上都是这样的好天气……阿久也别晒黑了哟……"

"呵呵……"斗笠下的阿久露出黑黑的虫牙笑道，"请向夫人代问好。"

早上八点左右，开往神户的客轮停靠在栈桥边，斯波要与巡礼朝圣打扮的两人分手告别了。

"请多多保重。——你们什么时候才能回家呢？"

"这个嘛……三十三个寺院不可能全部朝拜吧，打算适可而止……不过，总得从福良到德岛，然后回家。"

"买上淡路人偶作纪念吧？"

"对对，以后务必请你到京都来观赏，这一次一定要弄到好货。"

"好的，好的。也许到月底我会到京都去一次，届时顺便到府上造访。"

轮船驶离岸边，斯波要站在船上向岸上的两人挥动帽子。

迷故三界城

悟故十方空

本来无东西

何处有南北①

　　斗笠上的粗体文字渐渐变小，模糊得看不清了，不过阿久举起手杖回应斯波要挥动帽子的身影依然可见。看着渐渐远去的头戴斗笠的阿久，斯波要心想：他俩相差三十多岁，这才是"本来无东西"，是恩爱夫妇的巡礼朝拜呀。他目送着两人转身而去的背影，犹如听到了他们手上那微微的铃声。"远道来巡礼，朝拜圣灵开法华，步步心踏实。"斯波要想起昨晚与老人一起向旅店老板拼命学习《御咏歌》合格的文句。老人昨天为了学习和歌和念经的方法，居然对《妹背山》忍痛割爱，从九点到近十二点一直在向主人热心讨教。斯波要陪着老人，所以也记住了和歌的节奏。他的脑海里一会儿回响起那首和歌抑扬顿挫的声调，一会儿又浮现出今天早晨出发时戴上白纺绸手背套，打上绑腿，在门槛处请掌柜帮着系鞋带的阿久的模样。斯波要本来打算只住一个晚上，结果一住就是三个夜晚。这固然与人偶净琉璃有趣有关，同时，老人与阿久的关系也引起了他的兴趣。人上了年纪，大都厌烦那些对道理似懂非懂、神经过敏、计较固执的女人，还是喜欢容易从她身上得到爱的女人，好比自己喜欢的人偶。斯波要并不认为自己做得到这一点，不过回顾

---

① 为巡礼时头戴的蓑笠上必写的偈语，其含义是：正因为迷茫，一切众生无法轻易摆脱生死轮回反复的欲界、色界和无色界，三界宛如城池。但是，领悟之时，各处的无数世界一切皆空。原本所谓东西，只是相对的、主观的区别而已，而所谓南北的场所，实体究竟又在何处呢？我们不能让实体并不存在的东西掌控。

一下自己的家庭，妻子总是摆出事事通情达理的姿态，家中却一年到头纠纷争执不断。他从带着人偶一般的女人巡礼，从穿着人偶服装，特意到淡路寻购旧人偶的老人的生活中自然而然地感受到一种悠闲安乐的境界，希望自己也能获得同样的心情。

今天是个无可挑剔的好天气，可是出来游山玩水的闲人并不多见。轮船的特等舱布置得像游船一样舒适，不论是二楼的西式客舱，还是底楼的日本客舱，都空空荡荡的没有乘客。斯波要背倚着手提包，坐在榻榻米上，两条腿舒服地伸直，凝视着大海的波光在宁静的天花板上漾动着耀眼的波纹。濑户内海的春天把柔和妩媚的蓝色照射在微亮的船舱里，不时经过的小岛上，花香与海潮的气息一起悄悄地飘来。因为平时注重穿着打扮，加上缺乏旅行经验，一两天的旅行还带了替换衣物，回程本想就一直穿着和服的，可是忽然想起一件事来，幸好船舱里没有他人，于是赶紧换上了灰色法兰绒西装。然后，迷迷糊糊地睡着了。也不知道过了几个小时，直到听到头顶上哗啦啦的起锚声才醒来。

轮船抵达兵库的岛上栈桥时是上午十一点左右，斯波要没有直接回家，而是先到东方饭店吃了一顿这三四天没沾口的油腻的中饭，再要了一杯本尼狄克丁的利口酒，用了二十分钟慢慢品味。然后带着微微的酒醉，坐车去了山手的布朗特夫人家。他用随身携带的阳伞柄按响了门铃。

"您好！这手提包?"

"刚从船上下来。"

"上哪儿去了?"

"到淡路去了两三天……露易丝在家吗?"

"大概还在睡觉吧。"

"那夫人呢?"

"在家,在那儿呢。"

顺着仆人手指的方向,斯波要看到布朗特夫人背对着自己,坐在走廊尽头通往后院的台阶上。平时,她只要听到斯波要的声音,就立刻会挪动那几乎九十公斤的肥硕的身躯,慢悠悠地从二楼走下来,打上一个招呼,可是,今天不知什么缘故,只是看着后院,连头也不回。这幢房子大概是神户开港时代建造的,天花板很高,阴暗沉寂,房间显得宽敞,过去一定是栋气派的洋房,如今因年久失修,荒芜衰败,活像一幢鬼影祟祟的凶宅。不过,从走廊上看过去,杂草茂盛的后院明媚的阳光充沛,洋溢着五月新绿的生机。夫人面朝阳光而坐,她那灰色的鬈发在逆光中露出一两缕银发。

"夫人怎么啦?在那儿看什么呀?"

"唉,她今天心情不好,一直在流泪。"

"在哭吗?"

"是的。昨天晚上接到了本国发来的电报,说是弟弟去世了,所以心情很坏,灰心失望……真可怜,今天早上,连喜欢的酒也一滴不沾。您去劝劝她吧。"

"您好。"斯波要走到夫人身后,向她打招呼,"夫人,怎么啦?听说您弟弟过世了?"

院子里有一株高大的苦楝树,正开着紫色的花,树荫下潮湿的地面上,混在杂草里长着许多薄荷,人说做羊肉的菜或者宾治酒会用上薄荷叶,所以任其生长蔓延。夫人默默地凝视着地面,用一方乔其纱的手帕按着脸部,眼圈红红的,仿佛受到了薄荷气味的刺激。

"夫人……我向您表示由衷的同情。"

"谢谢。"

泪水被多层深深的皱纹围着,眼皮松弛的眼圈里闪闪发亮的泪线晶莹地滴落下来。斯波要听说西方的女人爱哭,不过他还是第一次看到这种场面,奇妙地感受到一种深深的哀伤,宛如聆听哀伤的歌曲旋律,正如因为不熟悉外国音乐作品,所以会更加强烈地感受到一种异样的凄凉一样。

"弟弟在哪儿去世的?"

"加拿大。"

"多大岁数?"

"四十八九吧,也可能是五十,差不多就是这个岁数。"

"还不到辞世的年龄。——这么说,您要去加拿大?"

"不去了,去了也没用。"

"与弟弟几年不见了?"

"都有二十年了……还是一九〇九年在伦敦时见过,那以后只保持通信联系……"

如果她弟弟今年五十岁,那么这位夫人该有多大岁数呢?细想起来,斯波要认识她已经有十几年了。当时,横滨受关东大地震的影响,不像现在这么繁华。她在山手和根岸都有宅邸,每一处都雇有五六个女人照拂。她不仅把神户的那幢洋房当成她的别墅,还在上海和香港开设了分店,同时在日本和中国两头做生意,来回跑。有一段时间生意做得很大,然而,不知不觉之中,随着她体力的衰退,生意也渐渐走上下坡路。她本人的说法是:这是因为世界大战爆发后，驻日本的外国商社业务渐渐被国内的贸易商替换，老外陆续撤回自己的国家。再说来日本的外国观光客也不像以前那样花钱慷慨大方。其实，要说她的生意落魄的原因并不只有这些。斯波要刚认识她的时候，夫人并不像现在这样老糊涂。她出生在英国的约克郡，毕业于某某女子学校，她自豪于自己受过良好的教育，在日本生活的十几年中，无论什么场合竟不讲一句日语。当时一般的女人只会讲点殖民地的"洋泾浜英语"，只有她一人可以讲纯正的英语，且故意使用难解的单词，并且她还能讲流畅的法语和德语。她具备一个女老板的威势，充满活力，还保留着半老徐娘的几分风韵，令人感慨西方女人不论多大年纪都显得年轻。可是，曾几何时，她的体力逐渐衰退，记忆力消减，连一个女孩子都掌控不住，眼睁着她快速衰老下去。以前，她遇上一个客人，会自吹昨夜有哪个国家的伯爵偷偷溜进房间来与她幽会，抑或是摊开英文报纸，滔滔不绝地评论本国的东方政策，把大家搞得云里雾里，可是近来，她在这方面的风头已完全消失，只剩下撒谎的顽疾难以根除，总爱说些很快就不攻自破的荒唐话。斯波要总是感到纳闷，如此精明强干的夫人，怎么会变成这副模样？应该是醉酒过度的缘故吧。事实上，随着她的头脑变得迟钝，体态变得肥胖，威士忌酒的酒量却有增无减。仆人说，以前喝醉酒尚能保持常态，而现在常常不省人事地昏睡，从一大早就大口大口地连喘带吁，每个月差不多都要昏迷两三次。她现在的状态是高血压症患者的典型症状，有暴卒的可能。无论社会繁荣还是萧条，这个家庭是不可能重新兴盛起来的。于是，那些狡猾势利的女人赖账逃账，那些厨师、阿姨和保姆们在酒价上弄虚作假，侵吞掠夺她的财产。有一段时间，那些英属殖民地的纯种金发洋人走马灯似的在她家宅邸进进出出，这两三年换成了西洋人的混血儿和俄罗斯人，而且一次从不少于三人。

"夫人……亲人离去总是悲伤的，可是，您这样哭泣对身体不好，这与往常的您不一样。还是振作起来，喝点儿酒吧。人最最重要的是遇事要想得开……"

"谢谢。您这么关爱我，我很感谢。可是我只有这么一个弟弟……人总有一死……人总要死的……虽然我明白这个道理……"

"当然是……说得对极了……只能这样想开来慰藉自己……"

宿驿的茶馆店里有人老珠黄、无人问津的老艺伎们，逮住一个不甚熟悉的客人会唠唠叨叨地诉说自己不幸的人生，陶醉于廉价的伤感之中。此刻这位洋夫人如出一辙，失去弟弟固然哀伤，可是她希望借此机会博得他人的同情和抚慰，故意装出伤心的神态，使用舞台上那种台词说话，所以，可以说她平时爱说谎话的痼习夸大了这时候的情绪表达。虽然如此，这个大象块头的外国老夫人的悲叹还是令人产生恻隐之心。明明知道那是和乡间老艺伎一样廉价的泪水，但斯波要还是被她那凄然的悲伤所感染，居然也愚蠢到情不自禁眼角湿润的地步。

"真对不起……我自己落泪，还引得您陪着我哀伤……"

"没什么，我倒是担心您的身体，务请多多保重。千万不要因为一个弟弟的去世，自己也悲伤得出了毛病。"

斯波要心想：倘若对方是位日本女性，自己兴许不会说出如此肉麻的话语，由此觉得自己太愚蠢，感到羞耻。他不知道自己这是怎么回事，是因为自己满脑子想着露易丝，而被突发的事态搞得措手不及呢，还是暖洋洋的气候所致呢？早先，对妻子或对故去的母亲，自己是否有用日语带上刚才那句话哪怕一半程度的亲切安慰过吗？难道英语就是那么一种令人伤感的语言？

斯波要走上二楼，露易丝就说："你在干啥啊？被夫人抓住了吧？"

"嗯，我真没办法……我不爱听那种悲戚戚的诉说，但是她一哭，想逃也逃不了啦……"

"呵呵，我想大致上就是那样。来一位客人，就逮住一位。不哭诉一遍没有完……"

"这哭诉难道也是虚情假意的？"

"弟弟死了，伤心也是自然的……你去了淡路？"

"嗯。"

"和谁一起去的？"

"岳父，还有岳父的小老婆，共三个人一起……"

"哼，还不知道那是谁的小老婆呢。"

"说什么呀，那可是真的。说老实话，对那个小老婆，我还真有点儿好感呢……"

"那你到这儿来干什么？"

"看到他俩那么亲亲密密的样子，想来这儿发泄一下郁闷的心情。"

"有你这么说话的吗？"

不明内里的人要是在屋外听到这番交谈，恐怕想象不到说话者是一位剪着栗色短发、褐色眼珠的外国种女人。露易丝的日语说得很漂亮，近来，斯波要听到她说话时，会闭上眼睛，只是用耳朵品味她的声调、重音和语汇，脑海里会浮现出自己在乡村小酒馆里与陪酒女郎闲聊时的情景。不过，外国人的遗憾之处是，日语发音中带有东北方言的口音，但她还是说得相当流畅巧妙，本人或许做梦也不会想到她说的是那种走南闯北、老于世故的女招待语言。反正先闭上眼睛听她说，等到再次睁开眼睛环顾室内时，竟看到一幅出人意料的光景。露易丝倚靠在化妆镜台前的椅子上，上身穿一件类似清朝官服的刺绣短睡衣，下身穿了一条齐大腿根的内裤，整条小腿上扑满了白粉，脚上套着一双法式浅黄色缎面的拖鞋，脚尖活像两艘可爱的潜水艇船头那样向上翘起。如此看来，这个女人不光是小腿部分，她的全身上下都铺上了一层薄薄的香粉。今天也是一样，她洗完澡全身扑好香粉打扮停当出来，令斯波要足足等了半个多钟头。据她自己说，她母亲有土耳其的血统，这是为了说明其皮肤不够白皙的理由。然而，最初吸引斯波要的恰恰是她那不甚清晰的浅黑色皮肤的光泽。有一次，一位刚从法国回来的朋友对他说：“这种女人要是到巴黎去，可吃香了。没想到她们竟在神户这边混日子。”当时——说起来大概两三年前，他想念在横滨结交的好友——斯波要虽是日本人，却被特许可以随时出入这户人家——便突然登门造访，正好遇到了露易丝。她说自己生在波兰，和另外两个女人一起到布朗特家里开香槟酒会，便来打个招呼。她说，来到神户还不足三个月，战争使她背井离乡，在俄罗斯待过，在中国东北住过，也到过朝鲜，到处流浪的过程中学会了各种语言，可以和另外两位生在俄国的俄罗斯姑娘自由交谈。她很自豪地宣称：“要是让我去巴黎，只要一个月，我的法语能说得和法国人一样地道。”看上去她的确有语言的天赋，三个女人中只有她可以用流畅的英语在女主人布朗特夫人和醉醺醺的美国佬之间巧妙周旋。可斯波要没想到她的日语也说得那么溜。在巴拉莱卡琴①和吉他伴奏下演唱斯拉夫民谣的那张嘴里，唱起《安来小调》②和《鸭绿江小调》③来，居然完全不亚于曲艺演员。简直就是一个颇有水准的坏艺人！经常用英语讲话的斯波要也是直到最近才了解到这些情况的，真是大吃一惊。他明白，这一类的女人，是不大会老实吐露自己过去的经历的，后来才从仆人口中得知，她是朝鲜和俄国的混血儿，她的母亲现在还住在首尔，母女间常有信件来往。难怪她的《鸭绿江小调》唱得那么棒，学习语言的能力超强也可以理解。斯波要与她初次见面时，她自称只有十八岁，或许也只有这一点在她以后众多的谎言中显得比较接近于真实。因为从外表上看，她现在还很年轻，也就是二十岁左右，虽然容貌年轻，但谈吐和办事均显得早熟，这也是具有坎坷人生经历的许多少女们难以摆脱的命运。

斯波要并没有在外面定点置房纳妾，但是，从无法获得妻子给予自己的肉体满足这一遗憾来说，在众多异性中，他最喜欢的还是露易丝。正因为这个原因，认识她至今已有两三年了，与斯波要惯常的朝三暮四不同，对她始终没有移情别恋，从她身上感受到的对于自己孤眠时乏味无趣的慰藉最多。要是有人询问这样做的原委，他会列举以下几条：日本人一般难以进入外国人的住宅，适合做隐蔽求欢的场所；比起去花街柳巷来，时间和经济上都来得实惠；当女人与自己互为动物做爱时，因为都是外国人容易忘记羞耻，过后也不会留下后遗症云云。斯波要自己也尽量信服这些理由。然而，

---

① 巴拉莱卡琴是俄罗斯民族乐器，木制三角形的琴身上装有三根金属琴弦。
②《安来小调》是日本岛根县安来市的民谣。从大正到昭和时期，在东京和大阪的曲艺场大受欢迎。
③《鸭绿江小调》是去鸭绿江打工的木筏夫演唱的小调，于1933—1935年间风靡日本。

在摒弃这女人不过是一个"四肢和绒毛的美丽野兽"的卑贱意识的意志支配下，斯波要对她那野兽般躯体里洋溢出来的宛如喇嘛教徒看到观音菩萨一般的愉悦相当恋恋不舍，这种出人意料的根深蒂固的情感甚至使他感到苦涩。这个女人所住的房间里，粉红色的墙纸上，贴满了好莱坞影星的照片，偶尔还有铃木传明①和冈田嘉子②的肖像。为了取悦斯波要的嗅觉和味觉，她把香水涂满自己的脚背和指甲，其无微不至的亲切关怀的用意连艺伎都望尘莫及。斯波要这样做并非出于对妻子美佐子的恶意泄愤，美佐子离家到须磨去只留他一人在家的时候，他通常会说一句"去神户买点东西"，穿上一身轻便的运动服出门，到了傍晚，拎着在元町一带商店买的东西回家。这种玩法取自贝原益轩③的教导——但又源于与他教导相反的个人情趣，自己积累的经验告诉他——要决定在下午一两点钟日头高挂时外出，回家的路上看着万里无云的蔚蓝晴空，会使心情清爽，始终保持散策那样轻松自在的心境。唯一觉得为难的是，这女人使用的白粉香味过于浓烈，沁入自己的肌肤后难以去除，不仅身上的西服余香扑鼻，坐上汽车后，整个车厢都馨香飘逸，回到家里，整个房间里也淡香洋溢。不论美佐子是否已经隐隐约约地有所察觉，哪怕是名义上的夫妇，他觉得让妻子嗅到其他女人的气味也是对她的一种不礼貌。说句老实话，他对美佐子所说的"去须磨"

① 铃木传明（1900—1985），松竹电影公司的影星。因身材修长、运动员体格成为西式时髦男子。1928 年前后与导演牛原虚彦、女演员田中绢代搭档出演过不少学生体育的青春电影。
② 冈田嘉子（1902—1992），活跃于十九世纪二十年代的话剧和电影演员，1938 年与话剧演员山本良吉一起亡命苏联。
③ 贝原益轩（1630—1714），江户时代前期的儒学者。其著作《养生训》因写有性生活的规诫而闻名，但是其著作中并没有应该在白天做爱的记述。

也是多有怀疑的，她真是去了须磨吗？会不会在近处已经找到了更加合适的地方？虽然常常感到好奇，却并不想勉强打探清楚，尽量不闻不问。同样自己到哪儿去也不希望对方计较，搞得模糊些。出于这样的考虑，他每次在那女人的房间里穿衣之前，总要让仆人烧好洗澡水。但是，女人身上的香粉气就像生发油一样牢固地粘在身上，不狠狠地用力搓，根本就洗不掉。他时常觉得那女人的细腻娇嫩的肌肤宛如一件贴肉衬衣那样包裹在自己身上，将它一点儿不剩地搓洗下来还真有点儿不舍。尽管一再理性地自我告诫，却还是不能不意识到，自己已经爱上了她。

"Prost.① A votre santé②!"

用两种语言混合着道过祝福以后，她把泛着淡淡玛瑙色波光的玻璃酒杯端到唇边。她总是这样，借口说家里没有好的香槟酒，悄悄买下无果味的专卖干香槟酒储藏，再以高出原价三成的价格出售。

"上次说的事，你考虑过了吗？"

"不，还没有……"

"你到底打算怎么办啊？真是的……"

"所以嘛，我刚才说还没有考虑。"

"嗨，真不爽。不管何时总是还没有还没有的……上次不是对你说过了吗？卖给你只要一千圆就行。"

"这我知道了。"

"那你总得买一点啊，上次你不是说一千圆可以考虑么？"

---

① 德语，干杯。
② 法语，祝您健康。

"我说过了吗？不记得了。"

"说话不算数，所以我最讨厌日本人了！"

"哎哟，日本人真是对不起了。上次那个带你去日光玩的美国大款买了吗？"

"现在不跟你谈他的事。你这个人比我想象的小气多了！碰上那些艺伎小姐，花多少钱都不在乎。"

"别开玩笑啦。你认为我是大财主就大错特错了！一千圆对我来说不是小钱。"

她在卧室里总是以这种方法向男人要钱。一开始她说欠了布朗特夫人两千圆，让斯波要垫钱还债，她要购买一间房子。最近改变花样，只要先给一千圆，剩下的可以立下字据赊账。

"我说，你不是喜欢我吗？"

"嗯……"

"嗨，别回答得那么没志气。你好好听着：你真的爱我吗？"

"真爱你。"

"真爱的话，讨个一千圆总是可以的吧。要不然我就不会那么优待你……怎么样？……出，还是不出？……"

"出，出，出！这总可以了吧。别发那么大的脾气了……"

"什么时候出？"

"下一次带过来。"

"下一次一定带来？别再撒谎啊。"

"我可是个日本人。"

"哼，混账东西！你给我好好记着，下次不带钱来，我就跟你绝交！……我不就是不愿再做这种下贱的买卖才求你的吗？啊，啊，我这个人怎么就这样不幸！……"

接着，她用活脱脱话剧演员一般的口吻，转动着那双幽怨忧愁、饱含泪水的会说话的眼睛，说明自己如何如何难以忍受这种皮肉生意的痛苦，倾诉一个母亲憧憬女儿尽早获得自由身的心愿，她滔滔不绝地怨天尤人，诅咒社会。她来日本之前曾经当过演员，说自己上舞台表演舞蹈，其舞技绝不亚于帕夫洛娃[①]，总之，自己的才华和气质与干这一行的女人全然不同，简直是鲜花插在牛粪上，大材小用。倘若去了巴黎和洛杉矶，自己肯定能够自立门户，大展拳脚。即使从事正经的行政商务工作，凭着自己的语言天分，做做董事的秘书、打字员之类的，也是绰绰有余。所以希望斯波要帮自己一把，介绍她进入日活电影制片厂，或者去外国驻日本的商馆工作。如若实现，今后每月只要补贴她一百或一百五十圆就够了。

"你现在来一次不是也得花上五六十圆吗？你好好琢磨一下，要是那么做，你该有多么合算哪！"

"可是，听说娶一个外国老婆，一个月得花上一千圆。像你这样奢侈的女人，一百到一百五十圆，搭得够吗？"

"够了，我一定行。要是去公司上班，我自己一个月能挣上一百圆，加上你的补贴，一个月就有二百五十圆了。唉，你等着瞧吧，我一定会把日子安排得很好的……到那个时候，我既不会问你多要零用钱，也不会乱添衣服。现在因为在做这种生意，所以没有办法。你把我当作奢侈的女人，真是大错特错了。我敢说，要是有了个家庭，没有哪个女人会做得比我更规矩、更节俭了。"

[①] 帕夫洛娃（Eliana Pavlova，1897—1941），出生于俄国沙皇时代，于1919年进入日本，后取得日本国籍。

"可是，我要是帮你垫付了借款，你忽然逃到西伯利亚去了，那我不全玩完了？"

听我这么一说，她露出意外和遗憾的神情，窝心地在床铺上捶胸顿足。斯波要虽然用开玩笑的方式岔开了话题，但一时间也曾多少起了点好奇心。反正，即使把她给包下来，大概时间也维持不了多久。说正经的，或许她真会逃到哈尔滨那一带去落脚，对于斯波要而言，那样倒是可以甩掉了包袱。比起这种最终的结局，还是置办购买妾宅的那套手续委实麻烦，实在懒得去办理。这女人说，租借普通的日式房屋即可，但家具必须是西式的。然而，斯波要一想到一个披散着短发的男人走进一间门窗咔嗒咔嗒关不严实，每走一步都必须小心翼翼地踩住鼓起来的榻榻米，披上浴衣待在里面的情景，就会感到莫名的败兴，哪怕那女人表面上装模作样，改变了迄今为止的奢侈习惯，突然变成了一个规规矩矩的女人，还特别善于操持家庭生计。因为女人一再在枕边唠叨，斯波要哼哼哈哈恰到好处地应付，不知不觉之中，玩笑变成了真实，虽然可以推三阻四地拖延下去，但她的哀诉大有演戏的成分，时而焦躁，时而愠怒，越来越显得滑稽可笑。她所有的窗户都拉下了百叶帘，白昼初夏灿烂的阳光从窗帘缝隙中照进屋来，如同颜色玻璃那样带着红色，在物体的边缘处晕出黯淡的轮廓。在这样的房间里，那浑身上下扑上白粉的欢喜天①肉体也被晕染成淡红色，操一口东北方言，举手投足扭屁股的模样，与其说是可怜，毋宁说是勇猛、热烈的闹腾。斯波要为了欣赏这样的舞蹈，总是故意让对方抱有某种希望。当他看到

---

① 欢喜天是佛教的驱魔守护神之一，象头人身，常常被描绘成男女两神拥抱的形态。

女人的短发红身子在那儿狂跳胡闹时，心想要是给她系上一块藏青色的肚兜，那就简直成了一个活脱脱的金太郎，遂忍俊不禁地要笑出来。

仆人按照斯波要的吩咐，在四点半准时烧好了洗澡水。

"下一次什么时候来？"

"大概是下周的星期三吧……"

"真的带钱来吗？"

"知道，知道了。"

他刚洗完澡，背对着电风扇，极其冷淡地回答，连自己都对自身的势利感到吃惊，同时急急忙忙地套上了内裤。

"说话算话吧？"

"一定会带来。"

两人握手时，斯波要在心里说："我一定再也不来了。"

一定不再来——斯波要让仆人开门，然后钻进等候在门口的车内，每次离开她家时总会下定这样的决心。对在门缝里给自己飞吻的女人在内心道声永久的"再见"，奇怪的是，不出三日，这样的决心就会崩溃。隔三差五，熬不过一个星期，就会异常想念这个女人，连自己都觉得太没出息。虽然思想斗争异常激烈，最终还是奋不顾身地扑向那个女人的怀抱。与女人相会前的思恋和之后的憋闷，这种忽冷忽热的心态变化不仅表现在这个女人身上，以前与艺伎相好之时也有过这样的情形，只不过冷热温度变化如此激烈，毕竟是由于生理方面的原因，从这一点上说，露易丝就是一壶令人心醉神迷的烈酒。斯波要开始不得不相信她所说的那些话的时候，如同当今的日本青年一样，对生于西欧的人会抱有特殊的幻想与憧憬。想来这个女人的长处在于善于揣摩客人的心理，十分注意不暴露自己的本色肌肤，这么一来，她的谎言就能始终保持令他信以为真的状态，斯波要至今感受到她那浅黑色肌肤的魅力，哪怕那完全是人工的，他也不愿打破自己对白皙肉体产生的幻想，一次也不想剥下她是用白粉的面具。朋友那句"这种女人若去巴黎将会相当吃香"的评价一直深深地印在他的记忆里。在摇摇晃晃的车中，他嗅了嗅右手掌上的余香。不知何故，洗完澡以后，沁入右手掌的香气还能滞留到最后。最近，他干脆不再洗手，把这个娇艳的秘密握在手中带回家去。

斯波要在思忖：这一次真的是最后一次吗？真能做到再也不去了吗？

如今的自己无需对任何人顾忌，可是，或许他具有异样的道德感和正直感，所以打青年时代起，始终追求的"守着一个女人过日子"的梦想，至今尚未忘却，尽管现在可以过着说是放荡也不过分的生活。自己一方面疏远冷淡妻子，另一方面从妻子以外的其他女人身上寻求慰藉，能这样做的男人固然不错，倘若斯波要也能如此，那么他与美佐子之间的感情也不至于像现在这样走向破裂，裂痕总能够得以弥补和修复的。斯波要对于自己的性格是既不感到自豪，也不感到自卑，他的自我解释是：老实说，这与其说是注重情义，莫如说是一种极端的任性与洁癖。露易丝只是自己漫长的人生道路上偶然相遇的异国异种族的女人，对于她自己都能肌肤相亲，可是却把沉湎度不及露易丝一半的另一个女人作为自己终生的伴侣，这真是怎么也想不通的一个矛盾。

其十三

拜复

　　前一阵颇为失礼。按预定计划，经阿波鸣门、德岛，于上月二十五日返回京都。二十九日惠寄大札于昨夜拜读。所言之事，实属意外。美佐子素来不懂规矩，近来如此造次，此乃吾辈教养不力所致，诚如俗话所言"鬼使神差"是也。老拙年迈，闻此忧心之事，不由悲叹此乃因果报应也。身为其父，愧疚难言，不知如何致歉。

　　如您所言，事态已入困境。此刻再行说和，恐亦无效。您心中之气恼，老拙甚为体察。近期想恭请您和美佐子光临寒舍，届时老拙拟专心开导本人，希冀使之回心转意。万一其不思改悔，则任凭发落。本人往后定可谨言慎行，恳乞宽恕。

　　迷恋至极的人偶终于购入，本想尽快告知，然肩头酸僵，休养之际奉接贵函，阅后不禁茫然自失，败兴之极。老拙不禁口出怨言：煞费苦心的巡回朝圣不仅毫无收益，反似蒙受神佛之惩戒。

亟盼尽早入京，当今且维持现状，是所至盼。

　　"……'闻此忧心之事，不由悲叹此乃因果报应也。'他那么说，可如何是好？"

　　"你给他的信里都写了些什么呀？"

　　"我只是想尽量写得简单些，不过重要的应该没有遗漏。我在这信里还反复强调，此我也有责任，这也是我本人的愿望。也就是说，半斤八两，双方各有应负的责任……"

　　"我知道你会这么说的……"

　　斯波要感到意外，这种事情并不是通过写封信就能求得谅解的，而且容易产生误解，所以，美佐子提议的去京都直接与老人交谈是正确的，自己也认为除此之外没有更好的办法。但是，他想先给老人通报一个大致的情况，过一段时间以后再详细报告，这是因为他不忍突然去惊吓老人，而且前一段时间与老人一起悠闲自在地旅行时，对这件事只字未提，可见自己也觉得没脸当面提起此事。正如他在回信中所说，上次的旅行中他一心想着人偶，一有机会就要显摆自己这方面的见识，那就更不能让他扫兴。而且，斯波要从老人的经历看，预想他对这类事情会显得更加通情达理，嘴上那一套就像个旧思想的老顽固，其实那只是这一类人常见的一种装腔作势，一种爱好而已。实际上，他们会表现得更加开通，与当今社会的世态并不是风马牛不相干的。不过这一次他没能按信中的字面意思理解自己的意图，而且从他信中所说的"您心中之气恼，老拙甚为体察""不知如何致歉"之类的词句看，他的理解产生了很大的偏差。如果照字面解释，就不会使他产生"愧疚难言"的感觉。斯

144

波要写这封信的时候，已经十分注意别让老人觉得于心不安，现在看来，还是写那种恭恭敬敬的问候信比较合适。

"我觉得这封信写得有点儿夸张，如果他不用这种古风的文体来表现保守的旧思想，就会显得不地道。他写这种信也是出于自己的兴趣爱好，我觉得他的心中并没有那么悲叹，充其量是正兴致盎然地摆弄人偶时看到此信，有点儿恼火罢了。"

美佐子的脸色略显苍白，摆出一副对这种事完全不在乎的表情，仿佛超然物外似的，面无表情地沉静应对。

"你打算怎么办？"

"什么怎么办……"

"一起去吗？"

"我不去。"她的语气显得极不乐意。"你去谈谈就行了。"

"他既然要我们一起去，你还是该去一次。我觉得只要见了面，事情或许更加容易解决。"

"等你和他说妥后再去。在阿久面前听他说教，实在讨厌！"

两个人稀罕地面对面地盯着对方的眼睛说话，可是妻子为了掩饰这种对话的不自然，一边更加毫不客气地直言不讳，一边吸着金嘴细烟卷喷出一圈圈的烟雾。看着妻子的这副模样，丈夫显得无可奈何。妻子也许自己并无意识，她说话时的表情和语调与以前相比，早已判若两人，这可能是在与阿曾的对话中养成的习惯，斯波要看到她的这种变化，就深切地感到这个女人已经不是这个家庭的一名成员了。尽管她说的每一个单词和每一个词尾还留有"斯波"家特有的味道，但是，这一切在丈夫眼中正在被一种新的讲法所取代。——斯波要万万没有料到分离的痛苦会从这个方面袭来，现在已经可以预想到即将来临的最后的场面将要承受何等的苦痛。不过，细想起来，也可以认为这个曾经是自己妻子的女人已不在人世，现在与自己相对而坐的"美佐子"完全是个陌生人。一个女人就这样不知不觉中摆脱了与自己纠结的因缘。斯波要为此感到悲伤，所以此刻的心情除了恋恋不舍或许还是有别的。如此一来，也许会在无意识之中越过那座焦虑、痛苦的最后一道山峰。

"高夏说了些什么？"

"他说，近期到大阪还有事，不过，不到万不得已便不想来，来也不会登门造访……"

"他就没提别的建议？"

"是的……另外么……"

美佐子把坐垫铺在廊缘上，一只手掰开小脚指头，另一只手将手上的香烟伸出去，把烟灰弹进杜鹃花盛开着的庭院里。

"他还在信里说：这件事最好别告诉你，如果想说，也没事……"

"嗯？"

"其实他已经自作主张，把我们的事告诉了阿弘。"

"是高夏吗？"

"是的……"

"什么时候说的？"

"春假时，他和阿弘一起去了趟东京吧，就是那时候。"

"什么事他都爱多插一嘴。"

斯波要特地写信把他们夫妇俩的事情告诉了住在京都的老人，却至今未告诉自己的孩子。一想到原来如此，不禁对孩子一直刻意不使自己的情绪外露的用心感到怜悯，同时对一个小孩子居然也有这等心计又感到有点可憎。

"原本他也并不想说的，可是住进饭店的当天晚上，他俩并排睡在一张床上，半夜里孩子抽抽搭搭地哭了起来，高夏打听怎么回事后，才把事情告诉了他……"

"那后来呢？"

"信中无法写得很详细，高夏对孩子说：'也许你爸爸和妈妈有时会分居，妈妈还会去阿曾家住。'于是孩子问：'那我可怎么办？'高夏对他说：'你还是老样子，什么时候都能见到妈妈。就当作你有两个家，要问为什么要这样，等你长大后，自然就会明白的。'高夏就说了这些。"

"阿弘接受了吗？"

"他什么话也没说，哭着哭着就睡着了。第二天高夏带他去三越百货店，他好像已经把昨夜的事情忘得一干二净，要求买这买那的，孩子就是那么天真无邪。高夏说，这样的话，就可以放心了。"

"不过，由高夏对他说和我对他说还是不一样的……"

"是的，是的。高夏在信中还说：如果你们觉得不便与孩子讲，就不必再说了。我自作主张，真是对不起了，不过还是为你们攻克了一道难关……"

"那可不行啊。这件事我虽然一拖再拖，但是我讨厌做那种有头无尾的事。"

斯波要之所以始终没能逾越最后的关隘，是因为每到那关键的时刻自己都难以启口，而且，直至今日还看不清这件事以后会发生怎样的变化，因而还抱有一丝丝希望。他觉得妻子虽然表面上态度强硬，可是在她专心执意的情感背后，极其脆弱的胆怯已经沁入她的内心深处，稍有个风吹草动，就会不停地哭哭啼啼。只要他们双方都害怕这种局面的出现，就会避免制造这样的机会。即便此刻这样相对而坐，依据谈话的发展情况，说不定已经飞向千里之外的东西又会在瞬间返回。斯波要觉得，美佐子或许做梦也没想到，事到如今这件事要听从老人的决断，若果真如此，自己也只能唯命是从了。希望与断念在心底的角落里并存，他感到心中莫名的厌恶。

"那我就走了……"

妻子大概对再这么相对着坐下去感到不安，朝着茶具柜上的座钟看了一眼，以提示丈夫约会的老时间到了，然后冷不防地站起来，开始换衣服。

"好久没见了，近期我也约见他一次吧。"

"好的……是去京都之前还是之后？"

"看对方的时间安排。"

"信上说让你明天就去京都，我看你还是先去京都吧。你到阿曾那儿比较麻烦，他说，要是定下来，不仅要你和他见面，还要见他的母亲。"

"你把高夏的信放在哪儿啦？"

斯波要用怜悯的目光看着为见情人而匆忙打扮的"这个女人"，见她走到廊檐上，又从身后叫住她。

"那封信打算让你看的，可忘记塞哪儿了。等我回来再给你找吧……不过，内容我刚才都对你说了。"

"找不着就算了。"

妻子外出后，斯波要抓了一把饼干下到狗窝处，轮流给两条狗喂食，又和老仆人一起用刷子给狗狗刷毛。回到餐室后，心不在焉地在榻榻米上躺了一阵。

"喂，有人在吗?"

斯波要想让女佣上杯茶来，可没听见有人回答，看来女佣回房间去了。阿弘去上学还没有回家，家里空落落的，一片寂静，仿佛只剩下他一个人似的。百无聊赖中，他在想是否要上露易丝那儿去。——每逢这种时候，自己总会冒出这一念头，可今天，不知何故，他觉得自己成了一个可悲的男人。这露易丝充其量不过是个娼妓，自己也已经痛下决心，再也不去登门，可是会一转念，又觉得太拘泥于这种想法有点愚不可及，结果又常常照样跑去见她。之所以会增加次数，其实与妻子离家后家中空荡荡的感觉有关——纸槅门、隔扇、壁龛上的摆设、庭院里的树木虽然照样存在，却无法弥补突然间降临的家庭的空虚沉寂——这种寂清最使他难以忍受。

他搬到关西那年，买下了这幢原先的房主只造了一两年的房子，对这间八铺席大小的日式房间进行了扩建。天天看到没有什么感觉，屋子里北山杉木和铁杉木的柱子虽然并没有精心擦拭，却在不知不觉之中渗出了年份包浆的光泽，快要显现出京都老人都喜欢的那种时代感来。斯波要躺在榻榻米上，好似刚刚发现屋柱上的亮光，接着又看到垂挂着重瓣棣棠花壁龛处的供桌以及门槛外似水瀑四泻的日光照射下的廊缘地板。最近一段时间，虽然妻子频频外出，却还是常常不忘为这个客厅增添四季的自然风情。斯波要心里明白，这样拖延的情形虽然还会有所反复，但是那朵鲜花不久还是会在这个房间里消失的，一想到那个日子，虽说是有名无实的夫妻，也会有一种怀恋的情绪，如同那早晚映入眼帘的屋柱的光泽……

"小夜，给我绞一条热毛巾来！"

斯波要站起来冲着女佣房间嚷道。接着，他脱下了薄哔叽单衣，用毛巾用力擦着汗津津的后背，换上妻子出门前为他准备好的西装，把从和服口袋里掉在地上的京都老岳父的来信捡起来放进西装内口袋中。这时候，他忽然想起露易丝喜爱看自己钱包的陋习，她喜欢一边嘀咕着"这是艺伎的来信吧"，一边翻看衣服口袋里的东西。斯波要打开梳妆台的抽屉，想把老人的来信塞到抽屉所垫的报纸底下。可是他摸到了一件毛糙的东西，抽出来一看，原来是美佐子藏在那里的高夏的来信。

"能看吗？"

斯波要还在犹豫，没有立刻把信纸从信封里抽出来。妻子如此仔细藏好的信怎么可能忘记呢？那是她无言以对时爆出的谎言。肯定并不想让丈夫看到此信。如果自己看了信，自然对妻子有话可说。美佐子过去从来没有做过这类藏着掖着的事情，她想方设法不让自己看到这封信，可以想象到信中一定写有什么不祥的内容。

斯波美佐子　女士

　　来信拜读。

　　原以为已经到了可以下决心的时间，却接到前不久从淡路寄来的明信片，对于事态的现状不免惊讶，而这一次看到来信便不再吃惊了。

看到这儿，斯波要走上二楼，从容地继续阅读。

......然而，这一次你若是下定了最后的决心，那就是越早越好。既然事情已经到了这个地步，恐怕已无其他办法。我深深感到，斯波君任性，你也任性。今日之局面，乃两个任性的人必然招致的结果。你向我倾诉心中的苦闷，自然无可非议，但是这些怨言——或许你并非有意为之——为何除我之外，不向你的丈夫倾诉呢？之所以无法向自己的丈夫倾诉，说明这世上存有不少不幸之人，令我不得不为你一掬同情之泪。倘若事实已经如此，则夫妇关系业已告终。"我憎恨丈夫如此给我自由""如果不认识阿曾那该有多好，我后悔认识他"——我曾经劝说你把这样的想法，哪怕只是其中的部分直接告诉斯波君——夫妇之间至少得有几分这样的真诚——可你到现在还认为我是不明事理，所以我已经不会再做任何劝告。你信中所说内容，我自然不会告诉斯波君，大可放心。因为只会徒然使他增加悲伤，那么告诉他也无济于事的。你所看到的我，绝非一个铁石心肠的汉子，每每想起芳子，总会感慨万千。对于你最终不得不留下这样的感情离开斯波家的不幸，我甚为悲叹。望拟于新的恋人重建幸福的家庭，忘却过去的悲哀，不再重蹈覆辙。如此一来，斯波君也会感到"心情轻松"的。

看来你是误会了，我绝不会生气。其实我相信，像我这种头脑简单的人，并不适合卷入你们复杂的夫妇关系的旋涡之中，在你们自己解决之前敬而远之的做法是贤明的。我有事将去大阪，不过尚未动身，即便去了，这一次也不会登门造访，请予谅解。

另外，我还有一件瞒着你们的事，就是上一次和阿弘去东京的时候，我已经把你们的事告诉他了……结果比预想的好，不过，未知阿弘君后来是否有什么变化。他常常会给我来信，却只字不提那天晚上的事。我并不想用"阿弘是个很聪明的孩子"之类的说辞来掩饰，其实我是不该多管闲事的，在此向你们表示歉意。可是，难道你不会暗自觉得我这样做反而使你感到轻松了吗？……作为你现在的丈夫以及阿弘君的亲戚，作为最能理解其亲子关系的朋友，你就是不作吩咐，我也一定会尽力而为的。请不必担心。我觉得他们父子俩会经得住打击，坚强地生活下去的。人生的道路本来就不是宽阔平坦的，男孩子吃点苦对他的将来会有好处。斯波迄今为止从未吃过苦，这一次让他尝尝，或许能够改掉他任性的毛病。

近日也许无法见面，待你成为新夫人的那一天，希望有拜见你的机会。

再见！

高夏秀夫

五月二十七日

烦请侍女转交

高夏难得写这么长的信件。四下里阒然无人气，斯波要读完，不禁触动心弦，两行泪水不知不觉中顺着脸颊流淌下来。

其十四

因为今天有客登门，阿久打早上起就一直在注意摆弄壁龛上花瓶里的红百合花。下午四点过后，她透过隔着两个房间的伊予竹帘，看见打着女性遮阳伞的人影钻过绿叶掩映的大门进来，便立刻起身走下廊檐。

"他们来了吗?"

午睡后正在院子里除蓑蛾害虫的老人听到身后传来的庭院木屐声，问道。

"是的，来了。"

"美佐子也一起来了?"

"好像是。"

"好，好。你快去沏茶。"

老人沿着院子里的踏脚石，穿过栅栏门来到大门口。

"你们好!"他轻松地招呼说，"呀，请进来。天气很热吧……"

"是啊，要是一大早出来就好了，正好是大太阳下的热中心……"

"谁说不是呀。天偶一放晴，今天这太阳就跟大伏天差不离。快进来，进来。"

夫妻俩跟着走在头里的老人身后，进了玄关，脚底的布袜子踩在新绿嫩叶辉映的铺地竹箔上，有一种凉凉的感觉。满屋子飘逸着经过焚烧的苍术熏香味。

"对了对了，上茶前应该先擦擦脸，上把凉毛巾吧。"

夫妇俩走过被新绿树叶遮得严严实实显得昏暗的外房檐，进入客厅，故意挑靠近廊檐的凉快处坐下小憩。老人不动声色地察言观色，发现庭院绿叶映照下的斯波要脸上汗水津津，便吩咐阿久。

"我觉得还是绞一把热毛巾的好。"

"嗯，对呀……斯波要，把外褂脱下来！"

"好的，谢谢。这一带白天也有蚊子吗？"

"是啊，是啊。不是说'本所无蚊至除夕①'嘛。这里的蚊子是豹脚蚊，比本所的还厉害。一般人家用蚊香驱蚊，我家把除虫菊放在平底砂锅里用火熏烤。"

不出斯波要所料，老人并不像上次信中所写的那么担忧，情绪很好，和平时差不多，对于每次前来的美佐子的闷闷不乐的表情并不在意。阿久对他们夫妇俩的事情一定也略知一二，像以往一样，不声不响、稳稳当当地送来茶水点心，然后退下，不知道去到哪个房间，透过竹帘也看不到她的身影。

"今天你们可以在这儿住下吧？"

"嗯……来之前倒没有商量好……"

斯波要把眼神转向妻子，妻子则语气决绝地说道："我要回去的。有什么话，能不能快点儿说？"

---

① 此句源于日本川柳"本所终年有蚊子"。本所古称本庄，是位于东京隅田川以东、墨田区南面的地名，因为地势低矮，故多蚊子。

"美佐子，你先到那边去。"

静谧的房间里，只听见老人用烟斗笃笃地敲打烟灰筒，又把第二袋烟的烟丝装进烟斗，用烟袋锅的头部在烟盘里勾拨火种的时候，美佐子一声不吭地站起来，走上去二楼的楼梯。她讨厌在楼下看到阿久。

"这事情可不好办呀……"

"让您老担忧牵挂，真是对不起。其实，过去就不应该发生这样的事情，或者发生后也应该处置完毕的……"

"到现在还没有处理完毕吗？"

"是的，大致情况如同信上所说……当然，光看信，我想有的地方还会不大明白的……"

"大体上我已经明白了。不过斯波要啊，要我说，还是你不好。"

斯波要不由得一惊，老人不等他说话，又接着往下说：

"不，说你不好，也许不够妥当。在我想来，你办事过分地抠死理。如今的时代呀，也许可以像对待一个男子汉那样对待老婆，但是往往是很难行得通的。你早就说过没有做丈夫的资格，就让她试着到外面去寻找新的丈夫，这无论如何都是不成的！即便满嘴挂着那些时髦的新名词，也不可能做到公平相待的……"

"您这么说，我可无言以对……"

"不，斯波要，我不是在这儿讽刺你，这是我的确确实实的感受。一段时间以前，像你们这样的夫妇多的是啊，我现在也是这样……我已经不是一年两年了，差不多有五年身边没有老婆，可是只要想到夫妻关系不过尔尔，心也就定了。细想起来，当今的世道人的确变得难以相处，但是，哪怕是实验性的也罢，只要女人一旦离开自己身边，半当中发现'此事办糟'了，也只能死撑着硬挺下去。所谓的自由选择，其实选择不可能有自由。——唉，今后的女人会变成咋样我不知道，不过像美佐子那样接受的教育一知半解并不彻底的人，就很容易临渊羡鱼，去追逐时尚的。"

"追逐时尚这一点其实我也一样，大家心里都明白，所以急着要分手。总之，都认定当前的道德是正确的。"

"斯波要，这句话就在这儿说，美佐子的开导工作由我来做，你那边就再也没有回心转意的余地吗？——我不会讲什么大道理，上了年纪，总觉得多一事不如少一事，性格不合也无大碍，时间一久，总会相互适应和谐的。阿久和我的年龄相差那么大，性格怎么也合不拢，可是住在一起，互相之间会渐渐接近，变得和谐，会自然而然地产生爱情，这就是夫妇。难道不是吗？不过，你提出她私通的问题，我就无话可说了。"

"我并不把那事当作一个问题，那是我允许的，您说那是'私通'，那可是曲解了美佐子。"

"可是，私通就是私通。这种事发生之前，能告诉我一声就好了……"

斯波要只能以缄默来回答老人委婉的批评，虽然可以用各种办法进行申辩，而且老人也并非不懂其中的道理，然而，尽管心中明了，讲出来的话语里却仍然包含着一个父亲的悲哀的怨言，这使得斯波要无法与他针锋相对。

"我也有很多不够尽力的不足之处，有时会觉得或许那么处理会更好一些，但现在看来，一切都成了马后炮。更重要的是，美佐子的决心相当坚定……"

不知不觉当中，从外廊照进来的日光越来越微弱了，整个房间显得更加昏暗。老人起身穿上上田茧绸的竖条纹单衣，枯瘦的膝盖合在一起，手上的圆扇扇动驱蚊的烟雾，他不停地眨巴着眼睛，大概是除虫菊的烟雾熏眼的缘故。

"原来如此。要是你跟她先谈，我就不好出场。斯波要，还是你别说话，给我两三个小时，让我跟她谈？"

"给你时间跟她谈也是白费劲……其实她本人不愿与您谈，说是让我一个人来，其实早就该来的，一直拖到今天。今天带她前来也费了好大的劲儿。来是来了，不过她有言在先，说是她的决心已不可动摇，要说的话全部由我负责，您对她的意见则由我向她转告……"

"不过斯波要呀，即使我女儿坚持要离婚，我也不会那么简单地放过她的！"

"这些我也多次给她说过，不过她每次都表现得情绪激动，说是不愿意与父亲发生正面冲突，让我代她向您解释，以求得您的谅解。要不现在把她叫下来，怎么样？"

"不用了，她也已经做好了准备，我这就带她去瓢亭①吧，你不会有意见吧？"

"那当然行，就是不知道她本人愿不愿意……"

"唉，这我知道。我去对她本人说，要是她不同意，我就让她在这种场合要看在一个老人的份上。"

---

① 瓢亭是位于京都市左京区南禅寺草川町的一家著名日本怀石料理的老铺，距离鹿谷很近。

斯波要还在手足无措的时候，老人拍着巴掌叫来了阿久。

"你去给南禅寺打个电话，说是两个人订餐，要个安静的座位。"

"是去两个人吗？"

"你今天不是打算露一手吗？要是不给你留下个把客人，你就白费劲了。"

"不过，这样对留下的客人就太不好意思了，还不如大家一起去吧。"

"你已经准备了什么好菜？"

"什么都没做呢。"

"上个大口马哈鱼吧。"

"我想油炸……"

"还有什么菜？"

"盐烤小香鱼。"

"还有呢？"

"豆腐、白芝麻酱拌牛蒡。"

"好吧，斯波要，菜不咋地，你独自慢慢喝吧。"

"算您不走运。"阿久说。

"哪儿的话。大厨子的手艺比瓢亭的还好，我倒是有口福呀！"

"那么，你给我准备好衣服。"

老人走上二楼。

不知他是怎么说服美佐子的，大概是苦口婆心地规劝女儿说"不听老人言，原本太平无事的结局也会搞砸的"，大约十五分钟过后，美佐子勉勉强强地和父亲下了楼，站在走廊上，稍稍匀了匀脸，率先走出了家门。

"那我们就走啦。"

老人从里屋走出来，他头戴薄纱宗匠头巾，一副宝井其角①的打扮，脚穿白布袜和晴天矮木屐，对送到门口的斯波要和阿久说道。

"您早点回家。"

"也许早不了。——对了，我跟美佐子也说了，今晚你们就住这儿。"

"那实在太麻烦您了。我怎么都行。"

"阿久，把我的雨伞拿来。天又闷热起来，看这天色怕又会下雨。"

"那就雇辆车去？"

"不用，那么近，走着去也不费劲。"

"那您走好。"

阿久送走老人后，立刻拿上毛巾和浴衣跟着斯波要走进客厅。

"洗澡水烧好了，要不要现在就去洗一把？"

"谢谢。可是，现在洗不洗呢？……洗好后，就懒得动了。"

"反正您今晚不是要住在这儿？"

"哎，还不知道最后会怎么样呢。"

"别这么说，还是先去洗个澡吧。没什么好吃的，至少能填饱肚子的。"

斯波要好久没在这儿洗澡了。关西地区习惯于用长洲澡盆洗

---

① 宝井其角（1661—1707），为松尾芭蕉门下的第一俳人，是江户座的创始人，著有俳句集《五元集》等。

澡,那就是一个小铁锅,将周边烧热,一个大人的身体不能自在地浸下去,对于习惯于躺在舒适的木制大澡盆洗澡的东京人而言,真是很不舒服,没有"洗过澡"的感觉。而且浴室的建造也极其阴暗沉闷,由于双层移动套窗设在高处,大白天也显得十分阴暗。斯波要平时习惯在自己家铺有瓷砖的明亮的浴室里洗澡,在这儿如同进了洞穴,再说洗澡水里加了丁香,叫人不由想起了满是污垢的浑浊的药浴水。照美佐子的说法,那洗澡水是用丁香来糊弄人,不知道过几天才换一次,所以每次让她洗澡,她都体面地婉言推辞。而这家的主人却总是引以为豪地吹嘘"我家的丁香浴",常请客人入浴。老人有一套"厕所哲学":"把浴室和厕所建得洁白亮堂是西方人极其愚蠢的想法。那种地方谁都不会去参观,凡是一切从自己体内排出的污秽物,都应该慎重地将其隐匿于黑暗之中,那才是礼仪。"照此,他总是爱把嫩绿的杉树叶塞满小便池,甚至提出一种奇特的见解:"纯日本式的、打扫整洁的厕所必定要具备特有的、高雅的气味,令人感到难以言喻的深邃幽雅。"厕所之事暂且不论,对于浴室的昏暗不便,阿久私下里也牢骚不断。她说,现在市面上有卖丁香精,只要滴上一两滴就能达成效果,但是老人坚持非得用老办法,把丁香干果装进口袋,浸泡在浴池的洗澡水里。

"他让我帮着冲洗肩膀,可是浴室里太暗,结果把肩膀的前后都搞错了。"斯波要想起阿久的话,看到挂在柱子上用来搓澡的谷糠袋。

"水温怎么样?"

"很不错。不过,麻烦你打开电灯吧。"

"对,好的。"

可是，捻亮的电灯也只是一只小灯泡，使人感觉到浴室显得更加潮湿阴暗。斯波要一进浴室，浑身上下都受到豹脚蚊的叮咬，于是连肥皂也不打，只是冲了一下，便浸泡在澡盆的丁香热水中，可蚊子依旧向脖子四周攻击。浴室里面十分昏暗，但是双层拉门套窗格子外还是透出天色的微明，日晒下的枫树绿叶如同衣物上的花纹，显得比白昼更加明媚鲜艳。斯波要觉得自己仿佛来到了偏僻的山间温泉，想起老人常说的"我家的庭院里可以听见杜鹃的歌唱"，便侧耳静听有什么鸟儿在叫，却只能听到远处水稻田里呼风唤雨的青蛙叫声和身边蚊子嗡嗡的鸣叫。此时此刻，在瓢亭的餐桌边父女俩正在谈些什么呢？老人虽然对女婿说话还显得客气，但是从他那惯用的语气看，或许正在向女儿施加压力呢。斯波要的心中虽然对他们有所牵挂，但是自打将他俩送出家门后，不知怎么搞的，心情一下子轻松下来，像现在这样浸泡在热水中，竟然萌生出这个家仿佛就是自己迎娶新妻的新居似的愚昧的幻想。回想起来，自打今年春天，自己就频频找机会接近老人，也许还真有自己尚未意识到的其他理由。自己的脑海深处竟然深藏着如此不为人知的荒唐的梦想，却没有任何自责自戒的念头。或许这是因为他从不把阿久当作一个特定的女人，毋宁说把她当成了一种类型女人的缘故吧。事实上，这位阿久哪怕不是伺候老人的阿久，只要是这么一位"阿久"就行了。他在心中暗暗恋慕的"阿久"，或许是比眼前这位阿久更加久远的"阿久"，也许这心中的"阿久"只能是一只人偶，她被收藏在储物库里，那是在文乐座那双重舞台的挂着瓦形灯后面的黑暗的道具库。倘若真是如此，那么斯波要只要一只人偶大概就可以心满意足了。

"噢，托你的福，洗了把澡，真爽快！"

斯波要说着，仿佛要借此拂去自己的胡思乱想。穿上了阿久为他准备好的浴衣，走出了浴室。

"洗得不怎么痛快吧？"

"不，偶尔洗一下丁香浴也别有风味。"

"不过，浴室要是像您家那么宽敞明亮，我也不敢常进去洗。"

"那又为什么？"

"要是处处都那么洁白敞亮，我就觉得不好意思进去了……要像您太太那样漂亮的人才配呀……"

"嗨，我老婆有那么漂亮吗？"

斯波要的语音里含着对不在眼前的妻子的微微的反感和嘲弄，端起阿久送上的酒杯一饮而尽。

"来，你也喝一杯吧……"

"是嘛，那就谢谢了。"

"大口马哈鱼太美味了……最近你的当地歌谣唱得怎么样啦？"

"那玩意儿，学起来挺麻烦的……"

"这一阵子没有练过吗？"

"练倒是在练习……太太的长歌唱得怎样了？"

"这个嘛，长歌早就不唱了，现在喜欢上了爵士音乐。"

一只飞蛾在红色亮漆的春庆食盘上舞动，阿久用圆扇驱赶它。扇起的风吹到斯波要的浴衣上，让他闻到了浮在清汤碗里的早松蘑菇的淡淡的清香。庭院里已经一片漆黑，雨蛙的啼鸣声越加喧嚣聒噪起来。

"我也想练习唱唱长歌。"

"你那么心血来潮，要挨骂的。像阿久你这样的人，还是唱唱地方歌谣比较合适。"

"唱地方歌谣当然可以，可就是师父太过严厉。"

"师傅就是那个大阪的叫什么名字的检校吧？"

"是啊……家里的师傅比那位更……"

"哈哈哈哈……"

"真可怜，喋喋不休、没完没了的。"

"啊哈哈哈……其实人老了，谁都一样。对了，我想起刚才在浴室里看见谷糠袋，现在还用它搓澡吗？"

"他自己用肥皂，说女人用了皮肤会变得粗糙，不让我用肥皂！"

"还用黄莺粪吗？"

"用啊，可皮肤一点儿也没变白。"

第二壶酒铫子喝到一半的时候，斯波要要了一碗清淡的茶泡饭。随后，阿久送来了枇杷，正在剥皮的时候，听到大门口的电话铃响了，她把枇杷放在玻璃果盘里，起身去接电话。

"是的……是的……好，我去告诉他……"她在电话边频频点头称是，马上回来对斯波要说："说是太太今晚住这儿，他们要过一阵子才回家。"

"是嘛，原先说好要回去的……好久没在这儿过夜了。"

"的确，你们好久没在这儿住了。"

对于斯波要而言，两人共住一间寝室确实是"很久"以前了。两三个月前，阿弘去东京的时候，夫妇俩时隔多年在一个寝室里一起住过两三个夜晚，可是，两个人就像在旅馆同居一室的旅客一样，枕头并排而卧，竟然毫不相关地安然入睡，可见，他俩作为夫妇关系的神经已经彻底麻痹了。今天老人一再主张他俩在这儿住下，大概已经做好了预定的计划。尽管斯波要对于岳父的良苦用心感到多少有点为难，却也并不是到了非要设法逃避的严重地步，只是觉得事到如今，一切努力都已经无济于事了。

"太闷热了，连一丝风也没有……"

斯波要抬头仰望着屋檐外面，快要燃尽的蚊香烟柱笔直攀升。停止的不仅是庭院里的自然风，连阿久手上的圆扇也像忘记了一般，一动也不动。

"闷死人了，要下雨了吧?"

"也许吧……下上一场阵雨该有多好……"

纹丝不动的绿叶上方，从朵朵云彩的间隙里露出点点星光。也许是某种预感，斯波要此刻仿佛听见了妻子正在激烈地反驳父亲的话音，所以他清晰地感觉到，自己的内心深处也已形成了比妻子更加坚定的决心。

"现在几点了?"

"八点半的样子。"

"才八点半啊，这一带可真安静。"

"时间还早，不过还是先躺下来休息休息，怎么样? 不一会儿他们就会回来的。"

"听刚才电话所说的样子，父女俩的谈话恐怕还挺费时间的。"

斯波要不露声色地希望听到阿久的见解。

"我给你拿本书来看吧。"

"谢谢⋯⋯阿久，你都看些什么书？"

"他总拿些草双子①之类的书让我读，那些老古董的东西，我怎么读得下去？"

"看妇女杂志不行吗？"

"他说有空看那种杂志，不如去练习书法。"

"用什么字帖练？"

"柳春帖。"

"柳春帖？"

"还有池冻帖②⋯⋯就是御家流的字帖。"

"哦，⋯⋯有什么样的草双子，借我看看。"

"《名胜图集》怎么样？"

"那玩意儿说不定好看。"

"那就请到那边去，那边的房间已经收拾好了。"

阿久站起来，在头里沿着走道从餐厅的茶具食器柜前走过，拉开了一旁六铺席房间的纸槅门。屋里很暗，什么也看不清楚，里面好像吊着蚊帐，浅黄色的蚊帐布在院子里通过未关闭的门户吹进的凉气中微微摇动。

"像是起风了。"阿久说。

"一下子觉得凉爽起来，马上会下雷阵雨吧。"

蚊帐的底边发出沙沙的声响。阿久走进屋，在黑暗中摸到了电灯开关，捻亮了枕头边放着的纸罩座灯。

---

① 江户时代带插图的通俗读物。
② 柳春帖、池冻帖是江户中期御家流书法家大谷永庵（1699—1780）的字帖。御家流是书法的一种流派，江户时代除了幕府的公用文书中使用外，也普及于一般庶民。

"我去换一个支光大的灯泡来。"

"不用了。过去的书本字体大，这个灯泡的亮光就看得见了。"

"把木板防雨套窗打开吧，否则太闷热了……"

"哎，请打开吧。我会适时关上的。"

阿久出去后，斯波要就钻进蚊帐。房间不大，麻布蚊帐里容积有限，几乎紧挨着并排铺着两床褥垫。在自己家里，每到夏天，总是尽量挂上大的蚊帐，睡觉的时候，两个人尽量离得远一些，这已经成了习惯，而眼前这光景反倒叫人觉得异常。斯波要无所事事，点上一支香烟，趴在褥垫上，隔着淡黄色麻布蚊帐凝视着挂在壁龛上的那幅轴画。那幅画像是南宗画派的横幅山水画，由于枕边的座灯不亮，外面看上去模模糊糊的，图像和落款都看不清楚。画轴前摆着一只青花瓷香盆，斯波要这才意识到，先前闻到的幽微香气原来就是这香盆里点燃的"梅香"发出的。忽然，斯波要发现床铺边的阴暗角落处朦朦胧胧地浮现出阿久的面容，不由得大吃一惊，再定睛细看，原来是一只身穿黑饼家徽碎花纹窄袖便服的旦角人偶，那是老人专门从淡路买回家的纪念礼物。

伴随着一阵凉风，一场阵雨骤然而下，大大的雨滴打在绿叶上发出噼噼啪啪的响声。斯波要抬头注视着幽深的院子里黑黝黝的树木。不知何时，一只青蛙跑进屋来，趴在不停摇曳的蚊帐上，枕边的座灯映照着它那发亮的肚皮。

"大雨最终还是降落了。"

纸橱门被拉开，一个怀里捧着五六本书的脸色泛白的女人出现在浅黄色蚊帐外头的黑暗空间里，那可不是人偶。

谷崎潤一郎
蓼喰ふ蟲

图书在版编目（CIP）数据

食蓼之虫／（日）谷崎润一郎著；谭晶华译. —上海：上海译文出版社，2020.7
（谷崎润一郎作品系列）
ISBN 978 - 7 - 5327 - 8474 - 5

I. ①食… Ⅱ. ①谷… ②谭… Ⅲ. ①中篇小说—日本—现代 Ⅳ. ①I313.45

中国版本图书馆 CIP 数据核字（2020）第 104474 号

食蓼之虫	[日] 谷崎润一郎 著	出版统筹 赵武平
		责任编辑 叶晓瑶 缪伶超
蓼喰ふ蟲	谭晶华 译	装帧设计 尚燕平

上海译文出版社有限公司出版、发行
网址：www. yiwen. com. cn
200001 上海市福建中路 193 号
上海信老印刷厂印刷

开本 890×1240 1/32 印张 5.25 插页 2 字数 83,000
2020 年 8 月第 1 版 2020 年 8 月第 1 次印刷

ISBN 978 - 7 - 5327 - 8474 - 5/I·5208
定价：35.00 元